민족문학선집 ③

한국현대대표시선 Ⅲ

민 영·최원식·이동순·최두석 편

창비

책 머리에

마침내 『한국현대대표시선 Ⅲ』을 마무리한다. 『시선Ⅰ』을 낸 지 2년 반, 이로써 시선작업이 일단 완결되었다. 돌아보매 일변 자부도 없지 않지만, 과연 우리의 작업이 얼마나 지공무사(至公無私)의 경지에 접근했는지 두려운 마음이 앞선다.

『시선Ⅲ』은 1970년대와 1980년대, 바로 동시대의 시인과 시를 대상으로 하고 있다. 문학사적 조명을 받기에는 너무나 가까이 살아 있는 시대, 우리의 작업은 더욱 신중해지지 않을 수 없었다. 이에 기존의 편집위원들 외에 또 한분을 초빙하자고 작정이 되었다. 우리의 취지에 흔쾌히 동의하고 새로이 편집위원회에 동참해준 이동순시인에게 감사한다.

4인의 편집위원회는 우선 80년대의 어디에 하한선을 그을까 토론하였다. 토의 끝에 우리는 대체로 87년 6월항쟁을 마디로 삼고 그 이전에 등단하여 일정한 성과를 얻은 시인들까지 여기에 수록하기로 하였다.

그리고 나서 우리는 이 시기에 활약한 시인들에 대한 정밀한 검토에 들어가 김형영에서 기형도까지 모두 65인의 시인을 선정하였다. 선정작업중에 고정희시인이 불의의 사고로 타계하고 작업을 마무리하던 최근에는 이광웅시인이 병마로 이승을 하직하는 아픔도 맛보았다. 이 자리를 빌려 삼가 두 시인의 명복을 비는 바이다.

유신체제와 유신체제의 재편으로 이어졌던 70년대와 80년대는 우리 문학사에 유례가 없을 정도로 문학의 정치성이 첨예하게 제기된 시대였다. 이 암울한 시대에 시인들은 누구보다 앞장서서 독재에 저항하였으니, 70년대의 김지하시인과 80년대의 김남주시인은 대표적인 존재이다. 그리고 아직도 문익환·박노해·백무산 시인은 영어의 몸에서 풀려나지 못하고 있음에랴! 우리는 무엇보다 먼저 이 뜨거웠던 한 시대를 충실히 정리한다는 생각으로 옷깃을 여몄다.

그러나 이와 함께 이 시대 시문학의 이월가치에 대해서 좀더 엄정한 눈이 필요하다는 인식을 함께하였다. 다시 말하면 시대를 넘어, 그리고 종족의 방언적 경계를 넘어설 수 있는 진정한 보편성의 기준이 절실히 요구된다는 것이다. 더구나 우리 문학은 현존 사회주의의 몰락 이후 새로운 도전에 직면해 있다. 냉전체제의 균열과 함께 무언가 근본적인 변화가 오리라는 예감은 생생하지만 우리가 함께 탐색하는 새로운 길은 아직도 오리무중인 이 역사적인 분기점에 처해 있다는 자기의식 아래 70년대와 80년대 시에서 계승해야 할 것과 버려야 할 것을 가리는 지난한 작업에 임했던 것이다. 독자들의 질정을 고대한다.

모쪼록 『시선Ⅲ』이 90년대 시가 맞이한 새로운 기회를 창조적으로 개척하는 데 조그만 보탬이 된다면 더 바랄 것이 없겠다.

1993년 1월 1일
한국현대대표시선 편집위원회

차   례

겨울 共和國／지금은 결코 꽃이 아니라도 좋아라／
雨 水

제 3 부

10

제 1 부

■해 설

1970년대 전기의 시인과 시

민　　　영

　1970년대 전기는 우리 시문학사에서 매우 특기할 만한 시기이다. 사회적으로 볼 때는 1960년 이후 군사적 억압으로 국민을 통치하던 박정희 독재가 내부로부터의 궤양으로 서서히 자멸의 길로 접어들 때였고, 문학적으로는 서구시, 그중에서도 모더니즘 시의 영향으로 병들었던 우리 시가 민중적인 자각을 거쳐서 새로운 민족시의 틀을 만들어가고 건강을 되찾던 시대였기 때문이다.

　사실, 60년대 이후 70년대 초까지 우리 시는 그 폐쇄적인 난해성과 정서로 말미암아 일반 독자들과는 유리된 위치에서 노래불려지고 있었다. 시집은 서점의 '팔리는 책'의 목록에서 제외되었고, 시는 소수의 동호인들에 의해서만 생산되고 읽히는 궁벽한 예술로 전락하고 말았다. 이 무렵에는 후에 민중시인으로 대성한 이들의 작품에서까지 모더니즘의 부정적인 영향을 엿볼 수 있었는데, 조태일의 첫시집 『아침선박』(1964)에 수록된 여러 시편들, 이성부의 첫시집 『이성부 시집』(1969)에 수록된 시편들 속에서도 확인되고 있다.

　이러한 시의 서구 추수적 경향은 70년대에 들어와서 국학의 진흥, 전통예술에 대한 재평가, 민족 또는 민중 주체성에 대한 새로운 인식이 대두됨으로써 극복되기에 이르는데, 판소리 가락을 원용하여 씌어진 김지하의 담시(譚詩)와, 무가(巫歌)의 가락과 그 신비한 주술성을 시에 접목시킨 강은교의 초기 시편들이 모두 이러한 자각 아래 씌어진 최초의 성과라고 볼 수 있을 것이다.

* 저항하는 시인들

한 비민주적인 독재정권이 억압의 철권을 휘두르고, 그 군사적 폭력에 맞서서 온몸으로 버티던 고뇌하는 젊은 시인들이 미구에 닥쳐올지도 모르는 한 시대의 비극적 종말을 예감하며 거문고 줄이 떨 듯이 전율하던 격동의 시대 —— 그것이 1970년대 문학의 여명이었다.

김지하는 70년 봄에 박정희 군사정부하에서 온갖 특권을 누리던 장성, 재벌, 국회의원 등 부정부패의 원흉들을 풍자한 시 「오적(五賊)」을 『사상계』 5월호에 발표한 죄로 체포되었고, 양성우는 75년 봄에 광주 YMCA 구국기도회에서 「겨울공화국」을 낭독한 죄로 교직에서 쫓겨났다. 또 74년 『창작과비평』 여름호에 「잿더미」 등 7편의 시를 발표하고 문단에 나온 김남주는 79년 10월에 소위 '남민전' 사건에 연루되어 투옥되었다.

국민을 억압하는 군사독재에 반기를 들고 부정부패 추방, 사회정의 실현, 유신헌법 철폐 등을 요구한 이들의 주장을 정부는 공권력으로 억눌렀으며, 그 법적 근거는 언제나 반공법 위반, 긴급조치 위반 등이었다. 나라의 민주화와 표현의 자유를 염원할 뿐 이념적으로 북한의 공산주의와는 일치될 수 없는 그들의 주장에 위정자는 '북괴의 선전에 동조한 죄, 국가모독죄, 반란죄' 등을 뒤집어씌우고 이것으로써 독재에 항거하는 진보적인 비판세력을 일거에 침묵시키려고 했던 것이다.

70년대의 민중적 참여시는 이런 상황에서 생겨났다. 즉, 국민들의 알 권리와 말할 권리를 억압 봉쇄하면 그 강요된 질서 속에서 필연적으로 저항이 싹틀 수밖에 없는데, 시대의 변화에 민감한 젊은 시인들이 제일 먼저 저항하다가 탄압의 철권을 맞았던 것이다.

1974년 1월을 죽음이라 부르자
오후의 거리, 방송을 듣고 사라지던

네 눈 속의 빛을 죽음이라 부르자
좁고 추운 네 가슴에 얼어붙은 피가 터져
따스하게 이제 막 흐르기 시작하던
그 시간
다시 쳐온 눈보라를 죽음이라 부르자
—— 김지하, 「1974년 1월」 부분

김지하가 노래한 1974년 1월은 박정희 대통령에 의해 긴급조치 1, 2호가 공포된 달이었다. 시인은 이때 독재자가 영구집권을 위해 선포한 유신헌법 철폐와 민주회복을 요구하는 시국선언문에 서명하고 피신중이었는데, 긴급조치가 공포되자 흑산도에서 경찰에 붙잡혀 연행되었다. 그 체포되기까지의 고뇌와 갈등을 시인은 이 시의 뒷부분에서 "모두들 끌려가고 서투른 너 홀로 뒤에 남긴 채/먼 바다로 나만이 몸을 숨긴 날/낯선 술집 벽 흐린 거울조각 속에서/어두운 시대의 예리한 비수를/등에 꽂은 초라한 한 사내의/겁먹은 얼굴/그 지친 주름살을 죽음이라 부르자"고 노래했던 것이다.

말하자면 70년대의 각성된 시인들은 독재에 항거하고 자유를 쟁취하기 위한 무기로서 시를 쓰지 않을 수 없었는데, 그 문학적 저항과 고난의 당위성을 신경림 시인은 다음과 같이 서술했다.

시인이란 삶의 현장에서 멀리 앞선 채 꿈속에서처럼 쇠된 목소리로 예언하는 선지자가 아니다. 하루하루의 삶에 지친 민중을 질타하는 선각자도 아니다. 오히려 폭풍이 몰아쳐 선지자의 예언과 선각자의 외침을 일시에 침묵시킨 이 시대에, 이땅에 살기 위하여 '봄이 오기 전에' 얼음을 끄고, 자유를 위해 '증오할 것을 증오'하는, 민중의 삶 속에서 땀과 숨결을 함께하는 평균적인 사람이요, 이 삶의 현장을 노래하는 사람이다. (「시인의 사명」, 『마당』, 1982)

이 시기의 탄압의 가시밭길을 걸어간 시인으로는 그외에도 광주민주화항쟁 때 현장에서 「아아, 광주여! 우리나라의 십자가여!」를 쓴 김준태 시인과 김대중 내란 음모 사건에 연루되어 옥고를 치른 송기원, 오송회 사건으로 투옥된 이광웅, 『민중교육』지 사건으로 잡혀간 김진경 등이 있었다. 그러나 이들의 치열한 문학정신은 영어의 곤욕을 치르면서도 시들거나 경직되지 않았으며, 유연한 서정을 보여줌으로써 우리 문학의 큰 자산이 되었다.

이렇게 많은 시인들이 옥고를 치르고 있을 때 저항의 후위(後衛)로서 시 쓰는 작업에 열정을 기울이며 고뇌한 시인들도 적지않았다. 군사독재에 항거하고 조국의 민주화와 통일에 몸바치려는 작가들의 모임인 자유실천문인협의회는 이들에 의해서 운영되었는데, 정희성·이시영·김창완·김명인·이동순·정호승 등이 모두 '자실'의 중견 회원이었다. 그들은 투옥된 시인들의 구출에 앞장섰고, 60년대 후반부터 일어난 참여시의 민중정서와 민족의식을 확산시키기 위해 시 쓰는 일에도 정성을 들였다. 이시영의 『만월』(1976), 정희성의 『저문 강에 삽을 씻고』(1978), 김창완의 『인동일기』(1978), 김명인의 『동두천』(1979), 정호승의 『슬픔이 기쁨에게』(1979), 이동순의 『개밥풀』(1980)에 수록된 작품들은 모두 이 격동의 시대에 알이 배었다가 솟아나온 것으로, 어두운 시대를 성실히 살아가는 지식인의 아픔이 어떤 것인가를 보여주고 있다.

비록 각자가 처한 여건 때문에 몸으로 맞서는 실제 행동에는 뛰어들지 못하고 교사, 편집자 등 문화일꾼으로 민중의 의식과 정서를 계발하는 일에 종사했지만, 울 밖에서 겪은 그들의 고뇌도 울 안에 갇힌 시인들 못지않았음을 작품의 성과로 입증해주었던 것이다.

　　내 조국은 식민지
　　일찍이 이방인이 지배하던 땅에 태어나
　　지금은 옛 전우가 다스리는 나라
　　나는 주인이 아니다

어쩌다 아비가 물려준 남루와
목숨뿐
나의 잠은 불편하다
나는 안다 우리들 잠 속의 포르말린 냄새를
잠들 수 없는 내 친구들의 죽음을
죽음 속의 꿈을
그런데 꿈에는 압핀이 꽂혀 있다

—— 정희성, 「불망기」 부분

* 70년대의 새로운 서정

이러한 현상은 박정희 정권이 끈질긴 국민적 저항과 정권 내부의
부패와 알력에 의해서 무너진 79년 10월까지 계속됐으며, 그 후 잠시
의 '봄'을 겪은 후 재등장한 전두환 군사정권에 의해서 계속되다가
87년 6월항쟁으로 국민적 승리를 거둔 다음에야 해소되었다.

그러면 60년대의 모더니즘풍의 서정시와는 다른 70년대의 새로운
서정시는 어떻게 시작되었을까? 그 최초의 성과는 김형영·정희성·
윤상규 등과 '70년대' 동인지 운동을 하던 강은교가 71년에 첫시집
『허무집(虛無集)』을 발간함으로써 가시화되었다.

이 시집에서 우선 눈에 띄는 것은 여성적인 감수성으로 섬세하게
다듬어진 무가적(巫歌的) 가락과 음영, 색채감각이었다. 또 이제까지
의 모더니즘 경향의 시들이 다분히 서구적인 분위기를 띤 데 반해,
강은교는 한국의 무속에서 시의 발상과 시어를 찾으려는 시도를 보여
이채로웠다. 이것은 60년대 후반부터 일기 시작한 국풍(國風, 전통
속에 숨어 있는 '우리의 것'을 찾으려는 움직임)과 맞물려 관심을 환
기시켰는데, 강은교의 시에 영향을 미쳤으리라고 추측되는 김태곤의
『황천 무가 연구』가 66년에 나왔으므로 이를 짐작케 한다.

일어나자 일어나자
저 하늘은

네 무덤도 감추고
꽃밭에서는
사람 걷는 소리 들린다.
    (…)
그리고 밤이 오면
저 무서운 꽃밭에서 들리는
누구 머리칼 젖히는 소리
옷고름이 탁 하고
저고리에서 떨어지는 소리
새벽에도 그치지 않고
잠 속에서는 더 크게 크게
그렇구나, 나는 어느새
몹쓸 곳에 누워 있다.

—— 강은교, 「비리데기의 여행노래」 부분

　비리데기, 오구대왕의 막내딸로 태어나 병들어 죽게 된 아비를 구
하려고 황천으로 약수를 뜨러 간다는 이 무속신화는 죽음으로부터 생
명을 되살려내고 방황하는 영혼을 불러들여 고통을 풀어준다는 뜻에
서 새로운 시의 부활을 예감하는 역할을 했다.
　70년대의 전반의 시에 나타난 또 하나의 현상은 소외된 사람들에
대한 시인들의 관심이었다. 6·25 전란에 의해 거리에 버려진 고아
나, 고아와도 같은 체험을 한 시인들의 시는 가끔 보였지만 70년대에
는 산업화된 사회에서 소외당한 도시 변두리의 빈민과 이농민들, 광
부들의 모습이 시의 소재로 등장하기 시작했다. 정호승의 「맹인부부
가수」, 김창완의 「인동일기」, 정일남의 「어느 갱 속에서」, 장영수의
「메이비」도 이 범주에 들어가는 작품이다. 연민을 넘어서 사랑에 이
른 그 따뜻한 관심이 우리가 보듬고 지켜야 할 공동의 삶이 무엇인가
를 일깨워준다.
　또 이 무렵은 지방에 살면서 자신의 시세계를 넓혀가고 있는 시인

들이 고독 속에서 단련된 서정의 빛을 발하기 시작한 시기이다. 전주의 정양, 공주의 나태주·조재훈, 속초의 이성선이 그들인데, 이 중에서 범신론적인 자연관과 정신적 초월주의를 내비친 이성선의 세계는 서울에서 활약하는 조정권의 시세계와도 상통하는 바 있어서 눈길을 끌었다.

끝으로 순수한 서정시인이면서도 독재의 마수에 걸려 천분을 다하지 못하고 요절한 박정만을 우리는 기억해야 될 줄로 안다. 1981년 5월, 중앙일보에 연재되던 한수산 소설의 필화사건으로 연행된 박정만은 이때 받은 고문의 후유증으로 몸져 누웠고, 극심한 건강악화로 가정이 파괴된 채 투병하다가 7년 만에 세상을 떠났다. 억울한 죽음을 눈앞에 두고도 "나 이 세상에 있을 땐 한간 방 없어서 서러웠으나／이제 저 세상의 구중궁궐 대청에 누워／청모시 적삼으로 한 낮잠을 뻐드러져서／산뻐꾸기 울음도 큰댓자로 들을 참이네"라고 노래한 「대청에 누워」에서 우리는, 역경 속에서도 마음을 추스르고 여유를 보인 이 시대 마지막 선비의 육성을 듣는 것 같아 숙연해진다.

김 형 영

따뜻한 봄날

어머니, 꽃구경 가요.
제 등에 업히어 꽃구경 가요.

세상이 온통 꽃 핀 봄날
어머니 좋아라고
아들 등에 업혔네.

마을을 지나고
들을 지나고
산자락에 휘감겨
숲길이 짙어지자
아이구머니나
어머니는 그만 말을 잃었네.
봄구경 꽃구경 눈 감아버리더니
한움큼 한움큼 솔잎을 따서
가는 길바닥에 뿌리며 가네.

어머니, 지금 뭐하시나요.
꽃구경은 안하시고 뭐하시나요.

솔잎은 뿌려서 뭐하시나요.

아들아, 아들아, 내 아들아
너 혼자 돌아갈 길 걱정이구나.
산길 잃고 헤맬까 걱정이구나.

<1983년, 문학사상>

변산 난초

시향 지내려고
변산 운산리 선영에 갔다가
거기 무덤마다 빙 둘러서
난초들이 무더기로 자라 있기에
가시덤불 사이사이
소나무 사이사이 자라 있기에

고려가 망하자
쿠데타로 세운 조선에서는
녹을 먹지 않기로 마음 세우고
변산 산중까지 숨어들어와
벼슬과는 아예 뒷짐지고 살다가
죽어서는 또 대대로
멀쩡한 난초가 되어 살아 있기에

한참이나 허리굽혀 바라보는 나에게
서울 가서 굽실굽실 간살떨며 사는 나에게
난초들은 한꺼번에 돋아나서는
내 눈앞을 가로막고 푸르르기에

이대로 돌아서긴 부끄럽고 서운해
날마다 바라보며 살아보려고
그 중 제일 푸르른 난초 한 포기
내 책상머리에 옮겨 마주앉으니
꽃은 이내 시들시들 시들어버리고
이파리는 새 되어 날아만 가네
나더러도 같이 돌아가자고
앞서거니 뒤서거니 날아만 가네

<1992년, 현대문학>

강 은 교

自 轉 I

날이 저문다.
먼 곳에서 빈 뜰이 넘어진다.
無限天空 바람 겹겹이
사람은 혼자 펄럭이고
조금씩 파도치는 거리의 집들
끝까지 남아 있는 햇빛 하나가
어딜까 어딜까 도시를 끌고 간다.

날이 저문다.
날마다 우리나라에
아름다운 여자들은 떨어져 쌓인다.
잠 속에서도 빨리빨리 걸으며
침상 밖으로 흩어지는
모래는 끝없고
한겹씩 벗겨지는 생사의
저 캄캄한 數世紀를 향하여
아무도
자기의 살을 감출 수는 없다.

집이 흐느낀다.
날이 저문다.
바람에 갇혀
일평생이 落果처럼 흔들린다.
높은 지붕마다 남몰래
하늘의 넓은 시계소리를 걸어놓으며
광야에 쌓이는
아, 아름다운 모래의 여자들

부서지면서 우리는
가장 긴 그림자를 뒤에 남겼다.

<1974년, 시집 『풀잎』>

우리가 물이 되어

우리가 물이 되어 만난다면
가문 어느 집에선들 좋아하지 않으랴.
우리가 키 큰 나무와 함께 서서
우르르 우르르 비오는 소리로 흐른다면.

흐르고 흘러서 저물녘엔
저혼자 깊어지는 강물에 누워
죽은 나무뿌리를 적시기도 한다면.
아아, 아직 처녀인

부끄러운 바다에 닿는다면.

그러나 지금 우리는
불로 만나려 한다.
벌써 숯이 된 뼈 하나가
세상에 불타는 것들을 쓰다듬고 있나니

만리 밖에서 기다리는 그대여
저 불 지난 뒤에
흐르는 물로 만나자.
푸시시 푸시시 불 꺼지는 소리로 말하면서
올 때는 인적 그친
넓고 깨끗한 하늘로 오라.

<1974년, 시집 『풀잎』>

소 리 2

　　柳花

안개 무척 쌓이던 날
나뭇잎 무성한 머리칼 사이로
두 눈 깊이 감추며 너는
먼산이 보이느냐고
먼산에 남은 별 하나
그게 보이느냐고
물었었지.

날이면 날마다 취해
흐르는 물에 흰 이마 적시고야
잠이 든다던 너.
비단 커튼 펄럭이는 머리맡
험한 꿈 굽이굽이엔
언제나 신경안정제 스무 알 마련해놓고
그 사내 바다 건너 찾아와
짐승처럼 웃는 밤이면
한 알 두 알
잠결에도 문득 헤아려본다더니.

어디로 갔느냐,
네가 남겨놓은 하얀 명함에는
柳花라는 두 글자
묘비명처럼 반짝이는데
오늘도 어두운 거리 거리
눈물 되어 떠도는,
그 옛날
부여 강가에 누워 있던
柳花여.

안개 달리는 강변로
은빛 블라우스 바람에
흩날리던 네
허리 속에서 지금
한 큰 나라가 일어서고 있다.   <1982년, 시집 『소리집』>

박 정 만

작은 戀歌

사랑이여, 보아라
꽃초롱 하나가 불을 밝힌다.
꽃초롱 하나로 천리 밖까지
너와 나의 사랑을 모두 밝히고
해질녘엔 저무는 강가에 와 닿는다.
저녁 어스름 내리는 서쪽으로
流水와 같이 흘러가는 별이 보인다.
우리도 별을 하나 얻어서
꽃초롱 불 밝히듯 눈을 밝힐까.
눈 밝히고 가다 가다 밤이 와
우리가 마지막 어둠이 되면
바람도 풀도 땅에 눕고
사랑아, 그러면 저 초롱을 누가 끄리.
저녁 어스름 내리는 서쪽으로
우리가 하나의 어둠이 되어
또는 물 위에 뜬 별이 되어
꽃초롱 앞세우고 가야 한다면
꽃초롱 하나로 천리 밖까지
눈 밝히고 눈 밝히고 가야 한다면.

<1979년, 시집 『잠자는 돌』>

대청에 누워

나 이 세상에 있을 땐 한간 방 없어서 서러웠으나
이제 저 세상의 구중궁궐 대청에 누워
청모시 적삼으로 한 낮잠을 뻐드러져서
산뻐꾸기 울음도 큰댓자로 들을 참이네.

어차피 한참이면 오시는 세상
그곳 대청마루 화문석도 찬물로 씻고
언뜻언뜻 보이는 죽순도 따다놓을 터이니
딸기잎 사이로 빨간 노을이 질 때
그냥 빈손으로 방문하시게.

우리들 생은 다 정답고 아름다웠지.
어깨동무 들판 길에 소나기 오고
꼴망태 지고 가던 저녁나절 그리운 마음,
어찌 이승의 무지개로 다할 것인가.

신발 부서져서 낡고 험해도
한 산 떼밀고 올라가는 겨울 눈도 있었고
마늘밭에 북새더미 있는 한철은
뒤엄 속의 김 하나로 맘을 달랬지.

이것이 다 내 생의 밑거름 되어
저 세상의 육간대청 툇마루까지 이어져 있네.
우리 나날의 저문 일로 다시 만날 때
기필코 서러운 손으로는 만나지 말고
마음속 꽃그늘로 다시 만나세.

어차피 저 세상의 봄날은 우리들 세상.

<1987년, 현대문학>

蘭　草

도무지 못 믿겠다. 죽은 줄 알았던 화분 속의 난초가 분갈이를
한 지 이태 만에 한 촉 뿌리에서 이제사 또 한 촉 새순이 돋아나
려 한다. 오랜 일기불순에다 혹심한 가물 끝에 아무래도 뿌리가
어떻게 된 모양이다. 오늘이 小寒 아니면 大寒인데 건성으로 짚
어본 일력에는 그러나 아무런 내력이 없다. 아마 自治的으로 처
리할 수 없는 밤이 오면 슬픔과 고통에도 인이 박혀 저절로 독기
가 오르나보다. 칼끝 같은 줄기마다 퍼렇게 賜藥이 묻어 있고,
꽃대의 안쪽에는 연 사나흘 오동통한 물기둥이 자라고 있다. 시
운이 다하거나 길이 아니면 스스로 재갈을 물리고 입을 봉하는
것은 세상의 이치. 아무래도 화분 속의 난초가 自決을 서두르나
보다. 곧 꽃잎이 잡힐 기세다. 칼에 맞아 죽은 지사들의 겨울,
밤추위가 깊을수록 棺에 놓인 난초의 그림자가 어둠을 부축하며
뿌리를 세우고 있다. 이제 한 나라의 새벽이 난초꽃으로 피어 은

밀한 꿈의 나래를 펴보일 차롄가보다. 막 난초꽃이 한둘 벙글고
있다.

<1988년, 실천문학>

정 양

남은 나이를

긴긴 여름밤이
악몽처럼 지나가고
새벽바람이 자세히
피부에 적힐 때
못마땅한 편견들이
절정으로 와서
몇차례로 불이 꺼지고 다시
불이 꺼지는
절정으로 와서
숨막히다 숨막히다 못해
누가 먼저 싱겁게 웃어진다면
친구여,
우리 외로움은 얼마나
맘놓이리.
우리는 남은 나이를
얼마나 조용히 생각하리.

식탁엔 아침부터
메뉴에도 없는 피곤이 오르고

그대와 나 말없이
담배만 피우며 끄며 했느니
웃겠네 친구여
마흔 살도 마흔한 살도
더 살아서
우리 젊은날의 어지럽던 날들이
새로워지면 그때에도
우리는 남은 나이를
어지럽게 어지럽게 웃겠네.

<1984년, 시집 『수수깡을 씹으며』>

김 준 태

참깨를 털면서

산그늘 내린 밭귀퉁이에서 할머니와 참깨를 턴다.
보아하니 할머니는 슬슬 막대기질을 하지만
어두워지기 전에 집으로 돌아가고 싶은 젊은 나는
한번을 내리치는 데도 힘을 더한다.
세상사에는 흔히 맛보기가 어려운 쾌감이
참깨를 털어대는 일엔 희한하게 있는 것 같다.
한번을 내리쳐도 셀 수 없이
솨아솨아 쏟아지는 무수한 흰 알맹이들
도시에서 십년을 가차이 살아본 나로선
기가 막히게 신나는 일인지라
휘파람을 불어가며 몇 다발이고 연이어 털어낸다.
사람도 아무 곳에나 한번만 기분좋게 내리치면
참깨처럼 솨아솨아 쏟아지는 것들이
얼마든지 있을 거라고 생각하며 정신없이 털다가
"아가, 모가지까지 털어져선 안되느니라"
할머니의 가엾어하는 꾸중을 듣기도 했다.

<1970년, 시인>

湖 南 線

기차는 가고 똥개만 남아 운다
기차는 가고 식은 팥죽만 남아 식는다
기차는 가고 시커멓게 고개를 넘는
깜부기, 깜부기의 대갈통만 남아 벗겨진다
기차는 가는데 빈 지게꾼만 어슬렁거리고
기차는 가는데 잘 배운 놈들은 떠나가는데
못 배운 누이들만 남아 샘물을 긷는데
기차는 가고 아아 기차는 영영 사라져버리고
생솔가지 저녁연기만 허물어진 굴뚝을 뚫고 오르고
술에 취한 홀애비만 육이오의 과부를 어루만지고
농약을 마시고 죽은 머슴이 홀로 죽는다
인정 많은 형님들만 곰보딱지처럼 남아
할아버지 아버지 어머니 무덤을 지키며
거머리 우글거린 논바닥에 꼿꼿이 서 있다.

<1974년, 창작과비평>

아아 光州여 !
우리나라의 十字架여 !

아아, 광주여 무등산이여
죽음과 죽음 사이에
피눈물을 흘리는
우리들의 영원한 청춘의 도시여

우리들의 아버지는 어디로 갔나
우리들의 어머니는 어디서 쓰러졌나
우리들의 아들은
어디에서 죽어 어디에 파묻혔나
우리들의 귀여운 딸은
또 어디에서 입을 벌린 채 누워 있나
우리들의 혼백은 또 어디에서
찢어져 산산이 조각나 버렸나

하느님도 새떼들도
떠나가버린 광주여
그러나 사람다운 사람들만이
아침저녁으로 살아남아
쓰러지고, 엎어지고, 다시 일어서는
우리들의 피투성이 도시여

죽음으로써 죽음을 물리치고
죽음으로써 삶을 찾으려 했던
아아 통곡뿐인 남도의
불사조여 불사조여 불사조여

해와 달이 곤두박질치고
이 시대의 모든 산맥들이
엉터리로 우뚝 솟아 있을 때
그러나 그 누구도 찢을 수 없고
빼앗을 수 없는
아아, 자유의 깃발이여
살과 뼈로 응어리진 깃발이여

아아! 우리들의 도시
우리들의 노래와 꿈과 사랑이
때로는 파도처럼 밀리고
때로는 무덤을 뒤집어쓸지언정
아아, 광주여 광주여
이 나라의 십가자를 짊어지고
무등산을 넘어
골고다 언덕을 넘어가는
아아, 온몸에 상처뿐인
죽음뿐인 하느님의 아들이여

정말 우리는 죽어버렸나
더 이상 이 나라를 사랑할 수 없이
더 이상 우리들의 아이들을

사랑할 수 없이 죽어버렸나
정말 우리들은 아주 죽어버렸나

충장로에서 금남로에서
화정동에서 산수동에서 용봉동에서
지원동에서 양동에서 계림동에서
그리고 그리고 그리고……
아아, 우리들의 피와 살덩이를
삼키고 불어오는 바람이여
속절없는 세월의 흐름이여

아아, 살아남은 사람들은
모두가 죄인처럼 고개를 숙이고 있구나
살아남은 사람들은 모두가
넋을 잃고 밥그릇조차 대하기
어렵구나 무섭구나
무서워 어쩌지도 못하는구나

(여보 당신을 기다리다가
문 밖에 나가 당신을 기다리다가
나는 죽었어요……
왜 나의 목숨을 빼앗아갔을까요
아니 당신의 전부를 빼앗아갔을까요
셋방살이 신세였지만
얼마나 우린 행복했어요
난 당신에게 잘해주고 싶었어요
아아, 여보!

그런데 나는 아이를 밴 몸으로
이렇게 죽은 거예요 여보!
미안해요, 여보!
나에게서 나의 목숨을 빼앗아가고
나는 또 당신의 전부를
당신의 젊음 당신의 사랑
당신의 아들 당신의
아아, 여보! 내가 결국
당신을 죽인 것인가요?)

아아, 광주여 무등산이여
죽음과 죽음을 뚫고 나가
백의의 옷자락을 펄럭이는
우리들의 영원한 청춘의 도시여
불사조여 불사조여 불사조여
이 나라의 십자가를 짊어지고
골고다 언덕을 다시 넘어오는
이 나라의 하느님 아들이여

예수는 한번 죽고
한번 부활하여
오늘까지 아니 언제까지 산다던가
그러나 우리들은 몇 백번을 죽고도
몇 백번을 부활할 우리들의 참사랑이여
우리들의 빛이여, 영광이여, 아픔이여
지금 우리들은 더욱 살아나는구나
지금 우리들은 더욱 튼튼하구나

지금 우리들은 더욱
아아, 지금 우리들은
어깨와 어깨 뼈와 뼈를 맞대고
이 나라의 무등산을 오르는구나
아아, 미치도록 푸르른 하늘을 올라
해와 달을 입맞추는구나

광주여 무등산이여
아아, 우리들의 영원한 깃발이여
꿈이여 십자가여
세월이 흐르면 흐를수록
더욱 젊어져갈 청춘의 도시여
지금 우리들은 확실히
굳게 뭉쳐 있다 확실히
굳게 손잡고 일어선다.

<1980년, 전남매일신문>

김 지 하

서 울 길

간다
울지 마라 간다
흰 고개 검은 고개 목마른 고개 넘어
팍팍한 서울길
몸팔러 간다

언제야 돌아오리란
언제야 웃음으로 화안히
꽃피어 돌아오리란
댕기풀 안스러운 약속도 없이
간다
울지 마라 간다
모질고 모진 세상에 살아도
분꽃이 잊힐까 밀 냄새가 잊힐까
사뭇사뭇 못 잊을 것을
꿈꾸다 눈물 젖어 돌아올 것을
밤이면 별빛 따라 돌아올 것을

간다

울지 마라 간다
하늘도 시름겨운 목마른 고개 넘어
팍팍한 서울길
몸팔러 간다.

<1970년, 시집 『황토』>

결　별

잘있거라 잘있거라
은빛 반짝이는 낮은 구릉을 따라
움직이는 숲그늘 춤추는 꽃들을 따라
멀어져가는 도시여
피투성이 내 청춘을 묻고 온 도시
잘있거라
낮게 기운 판잣집
무너져앉은 울타리마다
바람은 끝없이 펄럭거린다
황토에 찢긴 햇살들이 소리지른다
그 무엇으로도 부실 수 없는 침묵이
가득 찬 저 외침들을 짓누르고
가슴엔 나직이 타는 통곡
닳아빠진 작업복 속에 구겨진 육신 속에 나직이 타는
이 오래고 오랜 통곡
끌 수 없는 통곡

잊음도 죽음도 끌 수 없는 이 설움의 새파란 불길
하루도 술 없이는 잠들 수 없었고
하루도 싸움 없이는 살 수 없었다
삶은 수치였다 모멸이었다 죽을 수도 없었다
남김없이 불사르고 떠나갈 대륙마저 없었다
외치고 외치고
짓밟히고 짓밟히고
마지막 남은 한줌의
청춘의 자랑마저 갈래갈래 찢기고
아편을 찔리운 채
무거운 낙인 아래 이윽고 잠들었다
눈빛마저 애잔한 양떼로 바뀌었다
고개를 숙여
내 초라한 그림자에 이별을 고하고
눈을 들어 이제는 차라리 낯선 곳
마을과 숲과 시뻘건 대지를 눈물로 입맞춘다
온몸을 내던져 싸워야 할 대지의 내일의
저 벌거벗은 고통들을 끌어안는다
미친 반역의 가슴 가득 가득히 안겨오는 고향이여
짙은 짙은 흙냄새여 가슴 가득히
사랑하는 사람들 아아 가장 척박한 땅에
가장 의연히 버티어선 사람들
이제 그들 앞에 무릎을 꿇고
다시금 피투성이 쓰라린 긴 세월을
굳게 굳게 껴안으리라 잘 있거라
키 큰 미루나무 달리는 외줄기
눈부신 황톳길 따라 움직이는 숲그늘 따라

멀어져가는 도시여
잘있거라 잘있거라.

<1970년, 시집『황토』>

타는 목마름으로

신새벽 뒷골목에
네 이름을 쓴다 민주주의여
내 머리는 너를 잊은 지 오래
내 발길은 너를 잊은 지 너무도 너무도 오래
오직 한가닥 있어
타는 가슴 속 목마름의 기억이
네 이름을 남 몰래 쓴다 민주주의여

아직 동 트지 않은 뒷골목의 어딘가
발자욱소리 호르락소리 문 두드리는 소리
외마디 길고 긴 누군가의 비명소리
신음소리 통곡소리 탄식소리 그 속에 내 가슴팍 속에
깊이깊이 새겨지는 네 이름 위에
네 이름의 외로운 눈부심 위에
살아오는 삶의 아픔
살아오는 저 푸르른 자유의 추억
되살아오는 끌려가던 벗들의 피묻은 얼굴
떨리는 손 떨리는 가슴

떨리는 치떨리는 노여움으로 나무판자에
백묵으로 서툰 솜씨로
쓴다.

숨죽여 흐느끼며
네 이름을 남 몰래 쓴다.
타는 목마름으로
타는 목마름으로
민주주의여 만세

<1974년, 신동아>

1974년 1월

1974년 1월을 죽음이라 부르자
오후의 거리, 방송을 듣고 사라지던
네 눈 속의 빛을 죽음이라 부르자
좁고 추운 네 가슴에 얼어붙은 피가 터져
따스하게 이제 막 흐르기 시작하던
그 시간
다시 쳐온 눈보라를 죽음이라 부르자
모두들 끌려가고 서투른 너 홀로 뒤에 남긴 채
먼 바다로 나만이 몸을 숨긴 날
낯선 술집 벽 흐린 거울조각 속에서
어두운 시대의 예리한 비수를

등에 꽂은 초라한 한 사내의
겁먹은 얼굴
그 지친 주름살을 죽음이라 부르자
그토록 어렵게
사랑을 시작했던 날
찬바람 속에 너의 손을 처음으로 잡았던 날
두려움을 넘어
너의 얼굴을 처음으로 처음으로
바라보던 날 그날
그날 너와의 헤어짐을 죽음이라 부르자
바람 찬 저 거리에도
언젠가는 돌아올 봄날의 하늬 꽃샘을 뚫고
나올 꽃들의 잎새들의
언젠가는 터져나올 그 함성을
못 믿는 이 마음을 죽음이라 부르자
아니면 믿어 의심치 않기에
두려워하는 두려워하는
저 모든 눈빛들을 죽음이라 부르자
아아 1974년 1월의 죽음을 두고
우리 그것을 배신이라 부르자
온몸을 흔들어
온몸을 흔들어
거절하자
네 손과
내 손에 남은 마지막
따뜻한 땀방울의 기억이
식을 때까지   <1975년, 창작과비평>

빈   산

빈 산
아무도 더는
오르지 않는 저 빈 산

해와 바람이
부딪쳐 우는 외로운 벌거숭이 산
아아 빈 산
이제는 우리가 죽어
없어져도 상여로도 떠나지 못할 아득한 산
빈 산

너무 길어라
대낮 몸부림이 너무 고달퍼라
지금은 숨어
깊고 깊은 저 흙 속에 저 침묵한 산맥 속에
숨어 타는 숯이야 내일은 아무도
불꽃일 줄도 몰라라
한줌 흙을 쥐고 울부짖는 사람아
네가 죽을 저 산에 죽어
끝없이 죽어
산에

저 빈 산에 아아

불꽃일 줄도 몰라라
내일은 한그루 새푸른
솔일 줄도 몰라라

<1975년, 창작과비평>

蜚　　語(부분)

소리 來歷

서울 장안에 얼마 전부터
이상야릇한 소리 하나가 자꾸만 들려와
그 소리만 들으면 사시같이 떨어대며
식은땀을 주울줄 흘려쌌는 사람들이 있으니
해괴한 일이다.
이는 대개 돈푼깨나 있고 똥깨나 뀌는 사람들이니 더욱 해괴한
일이다.
쿵——
바로 저 소리다 쿵
저 소리가 무슨 소리냐 최루탄 터지는 소리냐 아니다 쿵
난리 터지는 소리냐 핵 터지는 소리냐 히로히도 방귓소리냐 아
니다
닉손 기침소리냐 아니다 北京도 天安門 앞

코쟁이 맞아들이는 中共軍 禮砲소리냐 아니다 그럼 뭐냐

쿵 저봐라 쿵 또 들린다 쿵

저 쿵소리 내력을 누가 알꺼나 쿠궁쿵

어화 사람들아 저 소리 내력을 들어봐라

아라사도 미국 중국 일본국도 아닌 대한민국 서울 동편에

먼지 펄펄 시끌덤벙 청량리 훨씬 지나가면 새까아만

연탄보다도 더 새까아만 쫄쫄 개굴창

물 썩는 내 진동하는 중랑천 기인긴 방축 위에 줄을 지어 다닥다닥

금슬좋게 들러붙어서 삐끄닥

삐끄 삐끄 삐끄다다닥

바람결에 전후좌우로 몸을 흔들어대면서

노래 노래 불러쌌는 판잣집 한 모퉁이 그 한 귀퉁이방에 청운의 뜻을 품고

시골서 올라와 세들어 사는 安道란 놈이 있었것다.

소같이 일 잘하고

쥐같이 겁이 많고

양같이 온순하여

가위 법이 없어도 능히 살 놈이어든

그 무슨 前生의 惡緣인지 그 무슨 몹쓸 살이 팔짜에 끼었는지

만사가 되는 일 없이 모두 잘 안돼

될 법한데도 안돼

다 되다가도 안돼

될 듯 될 듯이 감질만 내다가는 결국은 안돼

장가는커녕 연애도 안돼 집장만은커녕 방세 장만도 제때에 안돼

밥벌이도 제대로 안돼 취직도 된다 된다 차일피일 하다가는 흐지부지 그만 안돼

빽 없다고 안돼 학벌 없다고 안돼 보증금 없다고 안돼 국물 없
다고 안돼

밑천 없어서 혼자는 봐주는 놈 없어서 장사도 안돼 뜯기는 것
많아서도 안돼

울어봐도 안돼 몸부림쳐봐도 안돼 지랄발광을 해봐도 별수없이
안돼

눈 부릅뜨고 대들어도 눈 딱 감고 운명에 맡겨도 마찬가지로
안돼

목매달아 죽자 하니 서까래 없어 하는 수 없이

연탄까스로 뻗자 하니 창구멍이 많아 어쩔 수 없이

청산가리 술 타마시고 깨끗이 가자 하니 술값 없어 별 도리없
이 안돼 안돼 안돼

반항도 안돼 아우성은 더욱 안돼 잠시라도 쉬는 것은 더군다나
절대 안돼

두 발로 땅을 딛고 버텨서는 건 무조건 안돼

한번만 배짱좋게 버텨만 섰다가는

왼갖 듣도 보도 생각도 못한 罪目들이 연달아 줄레줄레 쏟아져
나오니 안돼

이래 놓으니 사시장철

밤낮으로 그저 뛰는 수밖에 다른 방도가 있겠느냐

되는 것은 개코도 쥐뿔도 까치뱃바닥도 없이 이리 뛰고 저리
뛰고

가로 뛰고 세로 뛰고 치닫고 내닫고 물구나무까지 서고 용떼마
저 쓰고

쌩똥을 뿌락뿌락 내싸지르며 기신기신 기어올라가 보아도 안돼

십원 벌면 백원 뺏기고 백원 벌면 천원 뜯기고

삼백예순날 하루도 뻔한 틈 없이 이놈 저놈 권세좋은놈 입심좋

은놈 뱃심좋은놈

깡좋은놈 빽좋은놈 마빡에 官짜 쓴놈 콧대 위에 吏짜 쓴놈, 삼삼 구라, 빙빙 접시

웃는 눈 날랜 입에 사짜 기짜 꾼짜 쓴놈, 싯누런 금이빨에 협짜 잡짜 배짜 쓴놈

천하에 날강도 같은 형형색색 잡놈들에게 그저 들들들들들

들볶이고 씹히고 얻어터지고 물리고 걷어채이고 피보고 지지밟히고 땅맞고

싸그리 마지막 속옷 안에 꽁꽁 꼬불쳐둔 고향 갈 차비까지 죄털리고 맥진기진

박죽뒤죽 풀대죽 초죽음 산송장이 다 된 위에 이건 또 무엇이냐

간첩이닷, 적기닷! 라면값 내놓고 쉬엇!

아이구 난 훈련받을 테요

안돼!

단속이닷! 단발령이닷! 딱지값 내놓고 토꼇!

아이구 난 돈 없어 못 깎았소

안돼!

판잣집 철거령이닷! 파리값 내놓고 꿀렷!

이이구 난 삭월세요

안돼!

三不이닷, 五無닷! 삼오 십오 천오백이닷!

아이구 난 삼시 세때를 오일간이나 못 먹었소

안돼!

조상징수닷! 세금이닷! 벌금이닷! 잡부금이닷! 채권이닷!

아이구 차라리 요강에 빠져 칵 ── 뒈져버리겠소

뒈져도 안돼!

쌀값 똥값 물값 불값 줄레줄레줄레줄레줄레

방값 옷값 신값 약값 반찬값 장값 연탄값 줄레줄레줄레줄레줄레
술값 찻값 신문값 책값 이발 목욕 담배값 줄레줄레줄레줄레줄레
그 위에 축하금 그 위에 부조금 그 위에 기부금 그 위에 동회
비 그 위에 교통비
그 위에 빚쟁이 그 위에 위에위에 이리저리 걸고감아 온몸을
칭칭칭칭칭
잔뜩 동여놓으니 아이구
아이구 이것을 어쩔 것이냐 통뼈 아닌 다음에야
쥐꼬리 같은 벌이나마 해보겠다고 미쳐 싸돌아 안 다니고 제놈
이 어쩔 것이냐
눈발에 미친개같이 꽁지에 불단 범새끼같이 그저 줄창 싸돌아
다녀 보는데
한발 딛고 한발 들고
한발 들고 한발 딛고
이발 딛으면 저발 들고
저발 들면 이발 딛고
이리떼뚱 저리떼뚱
팔딱팔딱 강중강중
충충거리며 나간다
종로 명동 무교동 다동
부동산 보험 무진 무역
사환 급사 소사 수위
모조리 한번씩 다 지내고
영등포 시흥 만리동 을지로
방직 주물 제당 피복
직공 화부 발송 시다
싸그리 조금씩 다 들러보고

구파발, 창동으로 장안평, 과천으로

이태원 꿀꿀이장사 답십리 시레기장사

남대문 돛대기장사 동대문 복어알장사

광화문 굴러대장사 무교동 뻔데기장사

공사판 흙짐지기 모래내 배추거간 영화판 엑스트라 용달사 짐심부름

좌충우돌 천방지축 허겁지겁 헐레벌떡 동서남북 싸돌아다니다

지치고 처지고 주리고 병들고 미쳐서 어느날 노을진 저녁때

두 발을 땅에다 털퍼덕 딛고서 눈깔이 뒤집혀 한다는 소리가

에잇

개같은 세상 !

이 소리가 입 밖에 떨어지기가 무섭게 철커덕

쇠고랑이 安道놈 두 손에 대번에 채워지고 질질질 끌려서 곧장 재판소로 가는구나

땅땅땅 !

무슨 죄던고 ?

두 발로 땅을 딛고 아가리로 流言蜚語를 뱉어낸 죄올시다

호호 큰 죄로다

피고는 두 발로 땅을 딛고 아가리로 流言蜚語를 뱉어냄으로써 건방지게 無許可着足罪, 제가 뭔데 肉身休息罪, 싸가지없이 心氣安定罪, 가난뱅이 주제에 直立的 人間本質簒奪劃策罪, 못난놈이 思惟時間消費罪, 가당찮게 懶怠罪, 죽고싶어 不挑罪, 제가 무슨 뜬구름이라고 現實傍觀罪, 부끄러움없이 仰天罪, 불온하게 腦廓膨脹罪, 분수 모르고 特殊層限定直立有閑權侵害罪, 무엄하게도 寸分無休增産輸出建設的國家政策忌避罪, 三不五無七非九勿違反罪, 惑世巫民的流言蜚語思出罪, 同發音意欲罪, 同發音罪, 同撒布意欲罪, 同撒布罪, 祖國不敬罪, 母國語卑下罪, 蓄生的祖國比喩

罪, 世界萬邦祖國蓄生視可能性促成罪, 投資環境攪亂罪, 社會混亂助長及社會不安造成罪, 民心煽動罪, 悲觀罪, 厭世罪, 脫俗罪, 利敵可能罪, 反體制意識罪, 反體制意識鼓吹罪, 以心傳心的 反國家團體組織可能罪, 反國家的 內亂陰謀劃策的 强力心情保有及同思想抱持潛在的 可能性確實明白可能罪, 그 위에 더욱이 特別社會操作法違反罪를 犯하였음에 有罪가 인정되므로 法에 따라 피고의 신체에서, 다시는 流言蜚語를 생각도 발음도 못하도록 한 개의 머리와, 다시는 두 발로 땅을 딛고 불온불손하게 버텨서지 못하도록 두 개의 다리와, 그리고 다시는 피고와 같은 불온한 種子가 번식되지 못하도록 한 개의 生殖器와 두쪽의 睾丸을 이 재판이 끝나는 즉시 절단해내고, 또한 반항할 위험이 다분히 있으므로 두 손에는 뒷수정, 몸통에는 물축인 가죽조끼, 목구멍에는 견고한 防聲具를 단단하게 짱짱하게 튼튼하게 둘러씌워 向後 오백년 간의 禁錮刑에 處할 것을 준엄히 준엄히 선고하노라 땅, 땅, 땅 ──

안돼 !
싹둑
물건이 없어져버리네 안돼 ! 싹둑 싹둑
불알도 사라져버리고 안돼, 안돼, 안돼 ! 댕겅
모가지가, 아아 모가지가 달아나 쩔커덕, 쩔컥
어허 두 다리마저 몽땅 짤려버리고 뒷수정, 가죽조끼, 防聲具 둘러씌워
청태가 시퍼런 독감방에 安道놈을 사정없이 가둬버리는구나
철커덩 ──
자물쇠 채우는 소리 쩌렁 쩌렁 쩌렁 쩌렁 옥사에 멀리멀리 울려퍼져 나아갈 적에
안돼 !

안돼 안돼 안돼!
어허 이것이 웬짓이냐
이것이 웬짓들이란 말이냐
헐벗고 굶주리고 죽도록 일했는데
매맞고 억눌려도 말 한마디 안했는데
쉬지도 눕지도 잠들지도 못했는데
어허 이것이 웬짓이여
내가 무슨 죽을 죄라
이리도 벌이 모질드란 말이냐
날아가는 기러기야
너는 내 속을 다 알리라
수수그림자 길게 끌린
해설핀 신작로가에
우리 어메 날 기다려 상기도 거기 서 계시더냐
철지난 옷을 입고 몇번이나 몇번이나
서울 쪽 바라보며 소리없이 우시더냐
아아 어머니
고향에 돌아가요
죽어도 나는 돌아가요
천갈래 만갈래로 육신 찢겨도 나는 가요
죽음 후에라도 기어이 돌아가요
저 벽을 뚫어
저 담을 넘어
冤鬼 되어 저 붉은 벽돌담을 끝끝내 뚫고 넘어
가요 어머니
죽음 후에라도 기어이 돌아가요
이리 울며 安道놈이 노래를 불러보나 머리가 없고보니 눈물이

있겠느냐 소리가 나겠느냐

눈물도 소리도 없이 그저 속으로만 새빨간 피울음을 밤마다 울어대며 안돼! 안돼! 안돼!

굴려

몸통을 굴려

부닥뜨린다 安道놈이 때그르르르

벽에다가 쿵──

다시 또다시 또 한번 다시 쿵 때그르르르 벽에다가

쿵──

쿵──

쿵──

울려쌌는 저 소리만 들으면 무슨 까닭인지 도무지 잠을 못 자는 돈깨나 있고 똥깨나 뀌는 사람들이 강력한 명령을 내려 安道란 놈을 즉각 死刑에 처해버렸는데도 쿵──

해괴한 일이다

쿵쿵거리는 저 소리가 여전히 들려오니 미치고 환장할 수밖에 더 있겠느냐 해괴한 일이다

지금도 밤낮으로 끝없이 들려오니

혹자는 그것을 귀신의 장난이라고도 하고

또 혹자는 그것을 安道가 아직도 어디엔가 죽지 않고 살아 있어 끊임없이 끊임없이 벽에 부닥뜨리고 있노라

목소릴 낮추어 슬그머니 귀뜸해주면서 이상스레 눈빛을 빛내기도 하겠다.

<1972년, 창조>

이 시 영

정 님 이

용산역전 늦은 밤거리
내 팔을 끌다 화들짝 손을 놓고 사라진 여인
운동회 때마다 동네 대항 릴레이에서 늘 일등을 하여 밥솥을
타던
정님이 누나가 아닐는지 몰라
이마의 흉터를 가린 긴 머리, 날랜 발
학교도 못 다녔으면서
운동회 때만 되면 나보다 더 좋아라 좋아라
머슴 만득이 지게에서 점심을 빼앗아 이고 달려오던 누나
수수밭을 매다가도 새를 보다가도 나만 보면
흙 묻은 손으로 달려와 청색 책보를
단단히 동여매주던 소녀
콩깍지를 털어주며 맛있니 맛있니
하늘을 보고 웃던 하이얀 목
아버지도 없고 어머니도 없지만
슬프지 않다고 잡았던 메뚜기를 날리며 말했다
어느해 봄엔 높은 산으로 나물 캐러 갔다가
산뱀에 허벅지를 물려 이웃 처녀들에게 업혀와서도
머리맡으로 내 손을 찾아 산다래를 쥐여주더니

왜 가버렸는지 몰라
목화를 따고 물레를 잣고
여름밤이 오면 하얀 무릎 위에
정성껏 삼을 삼더니
동지섣달 긴긴 밤 베틀에 고개 숙여
달그당잘그당 무명을 잘도 짜더니
왜 바람처럼 가버렸는지 몰라
빈 정지 문 열면 서글서글한 눈망울로
이내 달려나올 것만 같더니
한번 가 왜 다시 오지 않았는지 몰라
식모 산다는 소문도 들렸고
방직공장에 취직했다는 말도 들렸고
영등포 색시집에서 누나를 보았다는 사람도 있었지만
어머니는 끝내 대답이 없었다
용산역전 밤 열한시 반
통금에 쫓기던 내 팔 붙잡다
날랜 발, 밤거리로 사라진 여인

<1976년, 시집 『만월』>

고   개

앞산길 첩첩 뒷산길 첩첩
돌아보면 정든 봉 첩첩
아재야 아재야 정갭이 아재야

지게목 떨어진다 한가락 뽑아라
네 소리 아니고는 못 넘어가겠다
기러기떼 돌아넘는 천황재 아홉 굽이
내 오늘 너를 묶어 이 고개 넘는다만
언제나 벗어나리,
가도 가도 서러운 머슴살이 우리 신세
청포꽃 되어 너는 어덕 아래 살짝 필래
파랑새 되어 푸른 하늘 훨훨 날래
한 주인을 벗어나면 또 다른 주인
한 세월 섬기고 나면 더 검은 세월
못 살아가겠다고 못 참겠다고 너도 울고 낫도 울고 쩌렁쩌렁
울었지만
오늘은 찬 바람에 봉두난발 날리며
말없이 너도 넘고 나도 넘는다
뭇새들 저러이 울어예
차마 발 떨어지지 않는 느티목 고개,
묶인 너 부여안고 한번 넘으면 그만인 아, 죽살잇 고개를
<1977년, 문예중앙>

어 머 니

어머니
이 높고 높은 아파트 꼭대기에서
조심조심 살아가시는 당신을 보면

슬픈 생각이 듭니다
죽어도 이곳으론 이사 오지 않겠다고
봉천동 산마루에서 버티시던 게 벌써 삼년 전인가요?
덜컥거리며 사람을 실어 나르는 엘리베이터에
아직도 더럭 겁이 나지만
안경 쓴 아들 내외가 다급히 출근하고 나면
아침마다 손주년 유치원길을 손목 잡고 바래다주는 것이
당신의 유일한 하루 일거리
파출부가 와서 청소하고 빨래해주고 가고
요구르트 아줌마가 외치고 가고
계단청소 하는 아줌마가 탁탁 쓸고 가버리면
무덤처럼 고요한 14층 7호
당신은 창을 열고 숨을 쉬어보지만
저 낯선 하늘 구름조각말고는
아무도 당신을 쳐다보지 않습니다
이렇게 사는 것이 아닌데
허리 펴고 일을 해보려 해도
먹던 밥 치우는 것말고는 없어
어디 나가 걸어보려 해도
깨끗한 낭하 아래론 까마득한 낭떠러지
말 붙일 사람도 걸어볼 사람도 아예 없는
격절의 숨막힌 공간
철컥거리다간 꽝 하고 닫히는 철문 소리
어머니 차라리 창문을 닫으세요
그리고 눈을 감고 당신이 지나쳐온 수많은 자죽
그 갈림길마다 흘린 피눈물들을 기억하세요
없는 집 농사꾼의 맏딸로 태어나

광주 종방의 방직여공이 되었던 게
추운 열여덟 살 겨울이었지요?
이 틀 저 틀로 옮겨 다니며 먼지구덕에서 전쟁물자를 짜다
해방이 되어 돌아와 보니
시집이라 보내준 것이 마름집 병신아들
그 길로 내차고 타향을 떠돌다
손 귀한 어느 양반집 후살이로 들어가
다 잃고 서른이 되어서야 저를 낳았다지요
인공 때는 밤짐을 이고 끌려갔다
하마터면 영 돌아오지 못했을 어머니
죽창으로 당하고 양총으로 당한 것이
어디 한두번인가요
국군이 들어오면 국군에게 밥해주고
밤사람이 들어오면 밤사람에게 밥해주고
이리 뺏기고 저리 뜯기고
쑥국새 울음 들으며 송피를 벗겨
저를 키우셨다지요
모진 세월도 가고
들판에 벼이삭이 자라오르면 처녀적 공장노래 흥얼거리며
이 논 저 논에 파묻혀 초벌 만벌 상일꾼처럼 일하다 꿍
달을 이고 돌아오셨지요
비가 오면 덕석걷이, 타작 때면 홀태앗이
누에철엔 뽕걷이, 풀짐철엔 먼 산 가기
여름 내내 삼삼기, 겨우 내내 무명잣기
씨 뿌릴 땐 망태메기, 땅 고를 땐 가래잡기
억세고 거칠다고 아버지에게 야단도 많이 맞았지만
머슴들 속에 서면 머슴

밭고랑에 엎드리면 여름 흙내음 물씬 나던
아 좋았던 어머니
그 너른 들 다 팔고 고향을 아주 떠나올 땐
몇번씩이나 뒤돌아보며 눈물 훔치시며
나 죽으면 저 일하던 진새미밭 가에 묻어 달라고 다짐 다짐 하
시더니
오늘은 이 도시 고층아파트의 꼭대기가
당신을 새처럼 가둘 줄이야 어찌 아셨겠습니까
엘리베이터가 무겁게 열리고 닫히고
어두운 복도 끝에 아들의 구둣발 소리가 들리면
오늘도 구석방 조그만 창을 닫고
조심조심 참았던 숨을 몰아 내쉬는
흰머리 파뿌리 같은 늙으신 어머니

<1985년, 실천문학>

저 산을 보면

저 산을 보면 내 마음에 불이 붙는다
겨우내 옥창 사이로 바라보았던
흰뼈만으로 간신히 자기를 지키던 산
그러나 오늘은 옆구리에 가득 푸르른 새끼봉들을 안고
그 넓은 맨가슴으로 봄눈을 맞는다 봄눈을 맞는다

<1990년, 창작과비평>

양 성 우

겨울 共和國

여보게 우리들의 논과 밭이 눈을 뜨면서
뜨겁게 뜨겁게 숨쉬는 것을 보았는가
여보게 우리들의 논과 밭이 가라앉으며
누군가의 이름을 부르는 것을 부르면서
불끈불끈 주먹을 쥐고
으드득으드득 이빨을 갈고 헛웃음을
껄껄껄 웃어대거나 웃다가 새하얗게
까무라쳐서 누군가의 발밑에 까무라쳐서
한꺼번에 한꺼번에 죽어가는 것을
보았는가

총과 칼로 사납게 윽박지르고
논과 밭에 자라나는 우리들의 뜻을
군화발로 지근지근 짓밟아대고
밟아대며 조상들을 비웃어대는
지금은 겨울인가
한밤중인가
논과 밭이 얼어붙는 겨울 한때를
여보게 우리들은 우리들을

무엇으로 달래야 하는가

삼천리는 여전히 살기 좋은가
삼천리는 여전히 비단 같은가
거짓말이다 거짓말이다
날마다 우리들은 모른 체하고
다소곳이 거짓말에 귀기울이며
뼈 가르는 채찍질을 견뎌내야 하는
노예다 머슴이다 허수아비다

부끄러워라 부끄러워라 부끄러워라
부끄러워라 잠든 아기의 베개맡에서
결코 우리는 부끄러울 뿐
한마디도 떳떳하게 말할 수 없네
물려줄 것은 부끄러움뿐
잠든 아기의 베개맡에서
우리들은 또 무엇을 변명해야
하는가

서로를 날카롭게 노려만 보고
한마디도 깊은 말을 나누지 않고
번쩍이는 칼날을 감추어 두고
언 땅을 조심조심 스쳐가는구나
어디선가 일어서라 고함질러도
배고프기 때문에 비틀거리는
어지럽지만 머무를 곳이 없는
우리들은 또 어디로 가야 하는가

우리들을 모질게 재갈 물려서
짓이기며 짓이기며 내리모는 자는
누구인가 여보게 그 누구인가
등덜미에 찍혀 있는 우리들의 흉터,
채찍 맞은 우리들의 슬픈 흉터를
바람아 동지섣달 모진 바람아
네 쓸쓸한 칼끝으로도 지울 수
없다

돌아가야 할 것은 돌아가야 하네
담벼랑에 붙어 있는 농담거리도
바보같은 라디오도 신문 잡지도
저녁이면 멍청하게 장단 맞추는
TV도 지금쯤은 정직해져서
한반도의 책상 끝에 놓여져야 하네
비겁한 것들은 사라져가고
더러운 것들도 사라져가고
마당에도 골목에도 산과 들에도
사랑하는 것들만 가득히 서서
가슴으로만 가슴으로만 이야기하고
여보게 화약냄새 풍기는 겨울 벌판에
잡초라도 한줌씩 돋아나야 할 걸세
이럴 때는 모두들 눈물을 닦고
한강도 무등산도 말하게 하고
산새들도 한번쯤 말하게 하고
여보게
우리들이 만일 게으르기 때문에

우리들의 낙인을 지우지 못한다면
차라리 과녁으로 나란히 서서
사나운 자의 총끝에 쓰러지거나
쓰러지며 쓰러지며 부르짖어야 할 걸세

사랑하는 모국어로 부르짖으며
진달래 진달래 진달래들이 언 땅에도
싱싱하게 피어나게 하고
논둑에도 밭둑에도 피어나게 하고
여보게
우리들의 슬픈 겨울을
몇번이고 몇번이고 일컫게 하고,
묶인 팔다리로 봄을 기다리며
한사코 온몸을 버둥거려야
하지 않은가
여보게

<1977년, 시집 『겨울공화국』>

지금은 결코 꽃이 아니라도 좋아라

지금은 결코
꽃이 아니라도 좋아라
총창뿐인 마을에 과녁이 되어
소리없이 어둠 속에 쓰러지면서

네가 흘린 핏방울이 살아남아서
오는 봄에 풀뿌리를 적셔준다면
지금은 결코 꽃이 아니라도 좋아라

골백번 쓰러지고
다시 일어나는
이 진흙의 한반도에서
다만 녹슬지 않는 비싼 넋으로
밤이나 낮이나 과녁이 되어
네가 죽고 다시 죽어
스며들지라도
오는 봄에 나무 끝을 쓰다듬어주는
작은 바람으로 돌아온다면
지금은 결코 꽃이 아니라도 좋아라
혹은 군화 끝에 밟히는
끈끈한 눈물로
잠시 머물다가 갈지라도
불보다 뜨거운 깃발로
네가 어느날 갑자기 이땅을 깨우고
남과 북이 온몸으로 소리칠 수 있다면
지금은 결코
꽃이 아니라도 좋아라

엄동설한에 재갈 물려서
식구대로 서럽게 재갈 물려서
여기저기 쫓기며 굶주리다가
네가 죽은 그 자리에 과녁이 되어

우두커니 늘어서서 눈감을지라도
오직 한마디 민주주의, 그리고
증오가 아니라 포옹으로
네가 일어서서 돌아온다면
지금은 결코
꽃이 아니라도 좋아라
이 저주받은 삼천리에 피었다 지는
모오든 꽃들아
지금은 결코
꽃이 아니라도 좋아라

<1977년, 시집 『겨울공화국』>

雨　水

겨울이 가도 어둡고
답답한 산천,
안개 낀 우수에
끓어오르는 가슴의 피 누르며
나는 그대를 손꼽아 기다리고,
내가 이 세상
잠깐 동안의 나그네이듯이
사람들은 북을 치며
모두 떠났다.
말하라 그대,

안개 낀 우수에
나는 여기 지금도 갇혀 있으니
저 벌판을 그대 없이 어떻게
물같이 흐르랴.

<1980년, 시집 『북치는 앉은뱅이』>

이 성 선

저녁산을 바라보며

어제는
산사의 마당에서
제 그림자를 쓸어내고 있는
사람을 하나 만났습니다.

오늘 저녁은 다시
잎 다 떨어진 나무 아래서
제 그림자가
큰 나무의 그림자가 되기를
기다리는 사람을 하나
만났습니다.

살아 있음의 아름다움이란
무엇입니까.
생명의 신비란 무엇입니까.

가을은 오고
물결은 높은 가지 끝 별에 부딪는데
나는 아무 아는 것도 없이

저녁산을 바라보고 있습니다.

<1987년, 문학사상>

절정의 노래 1

내가 최후에 닿을 곳은
외로운 설산이어야 하리.
얼음과 백색의 눈보라
험한 구름 끝을 떠돌아야 하리.
가장 외로운 곳
말을 버린 곳
그곳에서 모두를 하늘에 되돌려주고
한 송이 꽃으로
가볍게 몸을 벌리고
우주를 호흡하리.
산이 받으려 하지 않아도
목숨을 요구하지 않아도
기꺼이 거기 몸을 묻으리.
영혼은 바람으로 떠돌며
孤絶을 노래하리.
그곳에는 죽은 나무가
살아 있는 나무보다 더 당당히
태양을 향하여
無의 뼈대를 창날같이 빛낸다.

침묵의 바위가 무거운 입으로
신비를 말한다.
가장 추운 곳, 외로운 곳
말을 버린 곳에서
무일푼 거지로
최후를 마치리.

<1990년, 현대시세계>

정 희 성

不 忘 記

내 조국은 식민지
일찍이 이방인이 지배하던 땅에 태어나
지금은 옛 전우가 다스리는 나라
나는 주인이 아니다
어쩌다 아비가 물려준 남루와
목숨뿐
나의 잠은 불편하다
나는 안다 우리들 잠 속의 포르말린 냄새를
잠들 수 없는 내 친구들의 죽음을
죽음 속의 꿈을
그런데 꿈에는 압핀이 꽂혀 있다

그렇다, 조국은 우리에게 노예를 가르쳤다
꿈의 노예를,
나는 안다 이 엄청난 신화를
뼈가 배반한 살, 살이 배반한 뼈를
뼈와 살 사이
이질적인 꿈
꿈의 전쟁,

그런데 우리는 갇혀 있다
신화와 현실의 어중간
포르말린 냄새 나는 꿈속 깊이

사월에, 내 친구는 사살당했다
나는 기억한다 국민학교 시절
그가 책 읽던 소리,
그 죽은 지 십여년
책을 펴면 포르말린 냄새가 난다
학생들에게 책을 읽히면
죽어서 자유로운 그의 목소리
그런데 여기엔 얼굴이 없다
눈도, 코도, 입도, 귀도,
그런데
소리만 들린다
오 하느님, 하는 소리만
생각난다
어젯밤 붙잡혀간 시인의 넋두리,
그는 부정한다고 했다
세번도 더,
조국의 관형사여
제 이름에 붙은 관형사
시인의 관이 무겁다고
머리를 떨구고
이제는 아름다운 말도 가락도 다 잊었다던
그가 돌아오지 않는 밤이 무섭다
그가 돌아올 수 없는 땅이 무섭다

그가 돌아오지 않는 땅에서 사는 내가 무섭다
그러나 나는 결코 아무것도 잊지 않는다
오, 기억하게 하라
우리들의 이름으로 불러보는
자유, 나의 조국아

<1974년, 동아일보>

어두운 지하도 입구에 서서

저녁무렵, 박수갈채로 날아오르는
저 비둘기떼의 깃치는 소리
광목폭 찢어 펄럭이며
피묻은 팔뚝 함께 일어서
만세 부르던 이 광장
길을 걸으며 나는 늘
역사를 머리속에 떠올린다
종합청사 너머로 해가 기울면
조선총독부 그늘에 잠긴
옛 궁성의 우울한 담 밑에는
워키토키로 주고받는 몇마디 암호와
군가와 호루라기와 발자국소리
나는 듣는다, 이상하게 오늘은
술도 안 취한다던 친구의 말을
신문사를 가리키며 껄껄대던 그 웃음을

팔엔 듯 심장엔 듯 피가 솟구치고
솟구쳐 부서지는 분수 물소리
저녁무렵, 박수갈채로 날아오르는
저 비둘기떼 깃치는 소리 들으며
나는 침침한 지하도 입구에 서서
어디론가 끝없이 사라지는 사람들을 본다
건너편 호텔 앞에는 몇 대의 자동차
길에는 굶주린 사람 하나 쓰러져
화단의 진달래가 더욱 붉다.

<1977년, 월간중앙>

저문 강에 삽을 씻고

흐르는 것이 물뿐이랴
우리가 저와 같아서
강변에 나가 삽을 씻으며
거기 슬픔도 퍼다 버린다
일이 끝나 저물어
스스로 깊어가는 강을 보며
쭈그려 앉아 담배나 피우고
나는 돌아갈 뿐이다
삽자루에 맡긴 한 생애가
이렇게 저물고, 저물어서
샛강바닥 썩은 물에

달이 뜨는구나
우리가 저와 같아서
흐르는 물에 삽을 씻고
먹을 것 없는 사람들의 마을로
다시 어두워 돌아가야 한다

<1978년, 문학사상>

울엄니 나를 낳아

울엄니 나를 낳고
해방이 되니
이제는 좋은 세상
찾아올랑가
정한수 떠놓고
빌고 빌더니
어쩌다 허리는
다치셨는지
꾸정물은 나가고
맬강물 들오라고
어린 시절 모래톱에
새긴 노래여
이리를 쫓고 나면
승냥이가 막아 서니
울엄니 나를 낳아

이런 세상 살라고
아버지를 땅에 묻고
억새처럼 쇠셨는가
사월 가고
오월 오니
외진 땅 쑥구렁에
내 형제를 내가 묻고
서른아홉 이 나이
뫼살이로 지낸 세월
무덤가 욱은 쑥만
쥐어뜯느니
울엄니 나를 보고
잘한다고 하실랑가
울엄니 나를 보고
잘산다고 하실랑가

〈1983년, 기독교사상〉

조 정 권

山頂墓地 1

겨울 산을 오르면서 나는 본다.
가장 높은 것들은 추운 곳에서
얼음처럼 빛나고,
얼어붙은 폭포의 단호한 침묵.
가장 높은 정신은
추운 곳에서 살아 움직이며
허옇게 얼어터진 계곡과 계곡 사이
바위와 바위의 결빙을 노래한다.
간밤의 눈이 다 녹아버린 이른 아침,
山頂은
얼음을 그대로 뒤집어쓴 채
빛을 받들고 있다.
만일 내 영혼이 天上의 누각을 꿈꾸어왔다면
나는 신이 거주하는 저 천상의 一角을 그리워하리.
가장 높은 정신은 가장 추운 곳을 향하는 법.
저 아래 흐르는 것은 이제부터 결빙하는 것이 아니라
차라리 침묵하는 것.
움직이는 것들도 이제부터는 멈추는 것이 아니라
침묵의 노래가 되어 침묵의 同列에 서는 것.

그러나 한번 잠든 정신은
누군가 지팡이로 후려치지 않는 한
깊은 휴식에서 헤어나지 못하리.
하나의 형상 역시
누군가 막대기로 후려치지 않는 한
다른 형상을 취하지 못하리.
육신이란 누더기에 지나지 않는 것.
헛된 휴식과 잠 속에서의 방황의 나날들.
나의 영혼이
이 침묵 속에서
손뼉 소리를 크게 내지 못한다면
어느 형상도 다시 꿈꾸지 않으리.
지금은 결빙하는 계절, 밤이 되면
뭍과 물이 서로 끌어당기며
결빙의 노래를 내 발밑에서 들려주리.

여름 내내
제 스스로의 힘에 도취하여
계곡을 울리며 폭포를 타고 내려오는
물줄기들은 얼어붙어 있다.
계곡과 계곡 사이 잔뜩 엎드려 있는
얼음 덩어리들은
제 스스로의 힘에 도취해 있다.
결빙의 바람이여,
내 핏줄 속으로
회오리 치라.
나의 발끝에서 머리끝까지

나의 전신을
관통하라.
점령하라.
도취하게 하라.
山頂의 새들은
마른 나무 꼭대기 위에서
날개를 접은 채 도취의 시간을 꿈꾸고
열매들은 마른 씨앗 몇 개로 남아
껍데기 속에서 도취하고 있다.
여름 내내 빗방울과 입맞추던
뿌리는 얼어붙은 바위 옆에서
흙을 물어뜯으며 제 이빨에 도취하고
바위는 우둔스런 제 무게에 도취하여
스스로 기쁨에 떨고 있다.

보라, 바위는 스스로의 무거운 등짐에
스스로 도취하고 있다.
허나 하늘은 허공에 바쳐진 무수한 가슴.
무수한 가슴들이 消去된 허공으로,
무수한 손목들이 촛불을 받치면서
빛의 축복이 쌓인 裸木의 계단을 오르지 않았는가.
정결한 씨앗을 품은 불꽃을
天上의 계단마다 하나씩 바치며
나의 눈은 도취의 시간을 꿈꾸지 않았는가.
나의 시간은 오히려 눈부신 성숙의 무게로 인해
침잠하며 하강하지 않았는가.
밤이여 이제 출동명령을 내리라.

좀더 가까이 좀더 가까이
나의 핏줄을 나의 뼈를
점령하라, 압도하라,
관통하라.

한때는 눈비의 형상으로 내게 오던 나날의 어둠.
한때는 바람의 형상으로 내게 오던 나날의 어둠.
그리고 다시 한때는 물과 불의 형상으로 오던 나날의 어둠.
그 어둠 속에서 헛된 휴식과 오랜 기다림
지치고 지친 자의 불면의 밤을
내 나날의 인력으로 맞이하지 않았던가.
어둠은 존재의 處所에 뿌려진 生木의 향기
나의 영혼은 그 향기 속에 얼마나 적셔두길 갈망해왔던가.
내 영혼이 내 자신의 축복을 주는 휘황한 白夜를
내 얼마나 꿈꾸어왔는가.
육신이란 바람에 굴러가는 헌 누더기에 지나지 않는다.
영혼이 그 위를 지그시 내려누르지 않는다면.

<1987년, 문예중앙>

山頂墓地 5

갈가마귀 울음 자옥이 잦아가는
언 하늘에
온통 시퍼런 靑竹을 치겠다.

삭풍이여, 삭풍이여,
우리를 다시 한몸으로 묶으라.
또 한차례 땅속 깊은 뿌리들을 출렁이게 하고
우리들을 다시 한뿌리로 묶으라.
그리고 지상에 홀로 남아
칼을 입에 물고 노래하는 歌人을
오래 머물게 하라.
切腹의 시대가 온다.
삽과 망치와 깃대를
땅속 깊이 매장하고, 삭풍 앞에 나서
입에 문 칼끝을 삼키면서
스스로를 증명하는
切腹의 시대가 온다.
한뿌리에서 올라온 수천의 잎
다 찢겨가고
헐벗은 나뭇가지에 언 하늘 빛 뿜을 때
언 하늘에다
竹을 치며, 竹을 치며
자신의 발등에다
스스로 얼음을 터뜨리며
스스로 맨발로 얼음 위를 딛는……
스스로 증명하는 이여.
증명하는 이여.
切腹의 시대가 오고 있다.

<1989년, 현대시학>

나 태 주

굴뚝각시를 찾습니다

우리 마을에 살던
굴뚝각시가 없어졌습니다
어느날 갑자기 없어졌습니다
어쩌면 무작정
상경이라도 해버렸는지 모릅니다

혹시 이런 사람 보셨는지요?
오십세 정도 되는 중늙은이 아낙네
아무나 보고 히죽히죽 웃는 여자
비오는 날에도 우산을 받지 않는 여자
아마 불에 타다 만 옷을 걸쳤을 것이고
얼굴에는 숯검정이 칠해져 있을 게지만
그래도 머리만은 쪽을 졌고
흰고무신을 신었을 겁니다

성한 사람들이 볼 때
그저 한 사람 미친 여자이지만
세상에서는 죄를 그다지 많이 만들지 않는 여자입니다
잘못한 것이 있다면 밥을 훔쳐먹은 일

길가에서 잠을 잔 일 정도일 겁니다

굴뚝각시를 찾습니다
혹시 굴뚝각시를 만나거든
말 좀 전해주십시오
공주읍 금학동 사람들이 찾더라고
객지에 나가 고생하지 말고
금학동으로 돌아오라
하더라고.

<1986년, 시집 『목숨의 비늘 하나』>

보리베기

어머니, 서두르시지요
따가운 햇살 퍼지기 전
이슬 마르기 전
보리를 베어야지요
종일 낫질을 해보았댔자
손바닥만 부르틀 뿐
반품삯도 나오지 않는 보리베기
보리밭에 익은 보리모개들이
빳빳하게 서서 사람을 노려보는군요
엇슥엇슥 보리를 베다보면 보리꺼럭들은
팔이며 모가지며 얼굴을

84

아프게 찌르는군요
어머니, 저는 보리밭에 익은 보리들처럼
빳빳하게 서서 세상을 노려볼 수 없는 것이 슬퍼요
밑동째 잘리면서도 사람을 찌르는 보리꺼럭들처럼
세상을 아프게 찌를 수 없는 것이 답답해요
어머니, 드디어
땀방울은 흘러 눈에 들면
쓰린 소금이 되는군요.

<1986년, 시집 『목숨의 비늘 하나』>

이 하 석

부서진 활주로

활주로는 군데군데 금이 가, 풀들
솟아오르고, 나무도 없는 넓은 아스팔트에는
흰 페인트로 횡단로 그어져 있다. 구겨진 표지판 밑
그인 화살표 이지러진 채, 무한한 곳
가리키게 놓아두고.

방독면 부서져 활주로변 풀덤불 속에
누워 있다. 쥐들 그 속 들락거리고
개스처럼 이따금 먼지 덮인다. 완강한 철조망에 싸여
부서진 총기와 방독면은 부패되어 간다.
풀뿌리가 그것들 더듬고 흙 속으로 당긴다.
타임지와 팔말 담뱃갑과 은종이들은 바래어
바람에 날아가기도 하고, 철조망에 걸려
찢어지기도 한다, 구름처럼
우울한 얼굴을 한 채.

타이어 조각들의 구멍 속으로
하늘은 노오랗다. 마지막 비행기가 문득
끌고 가버린 하늘.

<1979년, 문학과지성>

못 2

그들은 녹슨 몸 속에도 여전히 쇠꼬챙이를 가지고 있다.
그들이 깃든 어느 곳에서든 부스럭거리며
그들은 긁고 찌른다.
흙 속, 헐어버린 건물 안, 이전해버린 공장의 빈터, 폐쇄해버
린 술집의 판자 틈, 버려진 구석 어디에서나
그들은 내팽개쳐진 채,
나무든 풀이든 흙이든 바람이든 강철이든
지나가던 쥐의 발목이든 찌른다.

새로 짓는 건물의 벽에서도 떨어져 흙 속에 빠지면서
시멘트 묻은 서까래에 깔리면서
또 하나의 못이 집 밖을 나온다.
하수구를 지나 개울가 자갈밭에 만신창이 몸으로 떠돌다가
그는 침을 숨긴 채 물 밑에 반듯이 눕는다.
흐르는 물을 조금씩 찌르면서,
송어 아가미의 피를 조금씩 긁어내면서,
어느덧 그 자신도 쇠꼬챙이도 조금씩 꼬부라지면서.

<1980년, 현대시학>

이 기 철

이른 봄

　마을로 들어오는 푸섶길에는 철 잃은 패랭이꽃 한송이 피어 있다. 벌초도 하지 않은 무덤이 두엇 누워 있고 全州李公之墓, 이끼마저 말라붙은 묘비가 오래오래 그 모습대로 서 있다. 바람이 불 때 모로 슬리는 마른 풀잎들, 그 적막 가운데 잘못 피어난 한 잎 패랭이꽃. 연날리기 자치기 숨바꼭질하는 아이들의 발길에도 밟히지 않고 누구도 뜻있게 이름 불러주는 이 없는 이 작은 한송이 들꽃, 자손도 儒林도 돌볼 사람 없는 폐허가 되어버린 두엇의 무덤. 마을로 들어오는 산어귀엔 멎은 지 오래인 물레방아, 귀를 기울여도 들리지 않는 봄나물 캐는 누이들의 부끄러운 愁心歌.

<1978년, 세계의 문학>

農　路

들길은 아직 멀구나
살구꽃 죄다 져 떨기만 남았는데
흐르는 물길은 아직 멀구나

시린 바람 불어 봄은 가고
강물 불으면 초가 한채 위태로운데
고속도로 나서 사람들은 빨리도 지나가는데
둑에 핀 패랭이꽃만 바람에 흩날리는데

아아, 저녁 연기는 아직 멀구나
산그늘에 묻혀 사립문은 삭아가는데
흐르는 도랑물 소리 아무도 들어주지 않는데
논귀에는 목매기만 슬피 우는데

<1989년, 시집 『내 사랑은 해지는 영토에』>

김 명 인

東豆川 I

기차가 멎고 눈이 내렸다 그래 어둠 속에서
번쩍이는 신호등
불이 켜지자 기차는 서둘러 다시 떠나고
내 급한 생각으로는 대체로 우리들도 어디론가
가고 있는 중이리라 혹은 떨어져 남게 되더라도
저렇게 내리면서 녹는 춘삼월 눈에 파묻혀 흐려지면서

우리가 내리는 눈일 동안만 온갖 깨끗한 생각 끝에
驛頭의 저탄 더미에 떨어져
몸을 버리게 되더라도
배고픈 고향의 잊힌 이름들로 새삼스럽게
서럽지는 않으리라 그만그만했던 아이들도
미군을 따라 바다를 건너서는
더는 소식조차 모르는 이 바닥에서

더러운 그리움이여 무엇이
우리가 녹은 눈물이 된 뒤에도 등을 밀어
캄캄한 어둠 속으로 흘러가게 하느냐
바라보면 저다지 웅크린 집들조차 여기서는

90

공중에 뜬 신기루 같은 것을
발 밑에서는 메마른 풀들이 서걱여 모래 소리를 낸다

그리고 덜미에 부딪혀 와 끼얹는 바람
첩첩 수렁 너머의 세상은 알 수도 없지만
아무것도 더 이상 알 필요도 없으리라
안으로 굽혀지는 마음 병든 몸뚱이들도 닳아
맨살로 끌려가는 진창길 이제 벗어날 수 없어도
나는 나 혼자만의 외로운 시간을 지나
떠나야 되돌아올 새벽을 죄다 건너가면서

<1978년, 창작과비평>

베트남 Ⅰ

먼지를 일으키며 차가 떠났다, 로이
너는 달려오다 엎어지고
두고두고 포성에 뒤집히던 산천도 끝없이
따라오며 먼지 속에 파묻혔다 오오래
떨칠 수 없는 나라의 여자, 로이
너는 거기까지 따라와 벌거벗던 내 누이

로이, 월남군 포병 대위의 제 3 부인
남편은 출정중이고 전쟁은
죽은 전남편이 선생이었던 국민학교에까지 밀어닥쳐

그 마당에 천막을 치고 레시션 박스
속에서도 가랭이 벌려 놓으면
주신 몸은 팔고 팔아도 하나님 차지는 남는다고 웃던

로이, 너는 잘 먹지도 입지도 못하였지만
깡마른 네 몸뚱아리 어디에 꿈꾸는 살을 숨겨
찢어진 천막 틈새로 꺾인 깃대 끝으로
다친 손가락 가만히 들어올려 올라가 걸리는 푸른 하늘을
가리키기도 하였다. 행복한가고
네가 물어서
생각하면 나도 행복했을 시절이 있었던 것 같았다
잊어야 할 것들 정작 잊히지 않는 땅 끝으로 끌려가며
나는 예사로운 일에조차 앞날 흐려 어두운데
뻑뻑한 눈 비비고 또 볼수록, 로이
적실 것 더 없는 세상 너는 부질없어도 비 되어 내리는지
우리가 함께 맨살인데 몸 섞지 않고서야 그 무슨
우연으로 널 다시 만날 수 있겠느냐
로이, 만난대서 널 껴안을 수 있겠느냐

<1979년, 시집 『동두천』>

김 승 희

추운 사랑

아비는 산에 묻고
내 아기 맘에 묻네,
묻어서
세상은 재가 되었네,

태양의 전설은 사라져가고
전설이 사라져갈 때
재의 靈이 이윽고 입을 열었네
아아 추워 —— 라고,

아아 추워서
아무래도 우리는 달려야 하나,
만물이 태어나기 그 전날까지
아무래도 우리는 달려가야 하나,

아비는 산에 묻고
내 아기 맘에 묻어
사랑은 그냥 춥고
천지는 문득 빙하天地네……

<1983년, 시집 『왼손을 위한 협주곡』>

달걀 속의 生 I

우리는 꿈꾸지,
삶을 위하여
좀더 강해졌으면 하고,
보다 견고한 집을 짓고 싶고
더욱 안전한 껍질을 원하네,
마치 몰락이 없이
차갑게 버티고 있는
벽처럼
진짜로 강해질 수 있다면,
우리는 스스로 철교처럼
결코 폭파될 수 없는
어떤 희망을 구하지,
전혀 희망이 없이

그리고 또한 우린 알고 있어,
우주에 내버려진
하나의 달걀
과도 같이
그대와 나는
어둠 속에 둥둥 떠 있는
버림받은 허술한 알〔卵〕이라는 것을,

수문이 열리면
제목도 없이 무너져 내리는
저녁물결 속에 고요히 으깨지는
조그만 수포
그리도 꿈같은 고통

하얀 달걀이 하나
뜨거운 물 속에서 펄펄 끓고 있네,
찐달걀 속에선 어떤 부화의 깃도
돋아나질 않아,
무섭도록 고요한 침묵들의 비명,
(달걀꾸러미 속에 얌전히 누워 있는
하얀 찐계란들의 꽉 찬 평화)
무섭게 달궈진 프라이 팬 위에서
성녀처럼 와들와들 해체되는
스크럼블드 에그,
어떤 꿈도 그 고통을 구할 순 없지

우주에 둥둥 떠돌고 있는 독방
처럼
헐벗고, 외로운,
달걀 속에서
우린 한번밖에 없는 자신의 삶을
꾸리고 있네,
뿌리가 없어 무엇보다도 뿌리가 없어 슬프지만
이름 없는 운동
뒤에

하얀 결말,

모든 달걀은 와삭와삭 깨어져
무참히 와해되고 말지만
그 안에 방이 있어
방이 하나 있어
내 얼굴을 닮은 조그만 양초 하나가
고요히 빛을 뿌리며 타오르고 있지,
눈물과 함께
입술연지로
환한 미소를 은은히 뿌리면서

<1987년, 문학사상>

김 창 완

忍冬日記 Ⅰ

새마을 사업장에 나가 호박구덩일 팠다.
돌자갈 틈 비집고 뻗어나갈 어린 뿌리 위하여
언 손 부르트니 맨소래담 바르고
내 뼈일는지도 모를 풀뿌리가 혹한 속에 드러나
나도 마른 풀잎 하나로 떨고 선다.
너희들 곁에서 서로의 몸 비비다 바스라지는 가랑잎.
이 가혹한 핍박으로부터 우리가 빠져나갈
통로라도 뚫듯 파놓은 호박구덩이엔
빨리 온 어둠이 먼저 와서 드러눕고
우리의 하루가 다하자 호루라기 소리 들려
작업이 끝났다. 반장님의 호명에 힘차게 대답하자
작업이 끝났다. 우리 영세민들은
끝없이 뻗어나갈 호박넌출 붙들고
담장 넘어 지붕 넘어 산을 넘어
다시 각자의 남루 곁으로 되돌아오고 말았지만
몇 됫박의 밀가루 타 들고 돌아오는 길엔
온종일 내 손아귀에서 놀아난 삽
돌담에 기대어 쉬는 밤에도
혼자서 빛을 내는 삽

삽과 같이 걷는 밤길 두려울 것 없었다.
과부로 둔갑한다는 여우가 재주 넘는 고갯길도
무덤 쪼개고 나온다는 처녀귀신도 무섭지 않았다.

〈1977년, 창작과비평〉

무엇이 별이 되나요

마른 수수깡 사이로
콩잎 태우는 연기 사라지고
산그늘 늘어나 앞강 덮을 때
아이 부르는 젊은 엄마 목소리
들판 건너 하늘에서 별이 되도다

그 아이 자라 수수깡보다
목 하나는 더 솟아올라
부르는 노래 별이 되도다

잘 닦인 놋주발 같은 달이 떠서
기왓가루로 문질러 닦은 놋주발 같은
달이 떠서 슬픔의 끝 쪽으로 기울더니
노래는 가서 가서 돌아오지 않고
별만 살 속에 아프게 박혀

시멘트벽 짓찧는 저 사내 이마에

돋아나는 아픔은 별이 되도다
눈물은 눈물 머금은 별이 되도다
아름다운 이름들은 별이 되도다

<1984년, 시집 『우리 오늘 살았다 말하자』>

이 동 순

瑞興金氏 內簡

아들에게

그해 피난 가서 내가 너를 낳았고나
먹을 것도 없어 날감자나 깎아 먹고
산후구완을 못해 부황이 들었단다
산지기집 봉당에 멍석 깔고
너는 내 옆에 누워 죽어라고 울었다
그해 여름 삼복의 산골
너의 형들은 난리의 뜻도 모르고
밤나무 그늘에 모여 공깃돌을 만지다가
공중을 날아가는 포성에 놀라
움막으로 쫓겨와서 나를 부를 때
우리 출이 어린 너의 두 귀를 부여안고
숨죽이며 울던 일이 생각이 난다
어느날 네 아비는 빈 마을로 내려가서
인민군이 쏘아죽인 누렁이를 메고 왔다
언제나 사립문에서 꼬릴 내젓던
이제는 피에 젖어 늘어진 누렁이
우리 식구는 눈물로 그것을 끓여 먹고
끝까지 살아서 좋은 세상 보고 가자며

말끝을 흐리던 늙은 네 아비
일본 구주로 돈벌러 가서
남의 땅 부두에서 등짐지고 모은 품삯
돌아와 한밭보에 논마지기 장만하고
하루종일 축대쌓기를 낙으로 삼던 네 아비
아직도 근력좋게 잘 계시느냐
우리가 살던 지동댁 그 빈 집터에
앵두꽃은 피어서 흐드러지고
네가 태어난 산골에 봄이 왔구나
아이구 피난 말도 말아라
대포소리 기관포소리 말도 말아라
우리 모자가 함께 흘린 그해의 땀방울들이
지금 이 나라의 산수유꽃으로 피어나서
그 향내 바람에 실려와 잠든 나를 깨우니
출아 출아 내 늬가 보고접어 못 견디겠다
행여나 자란 너를 만난다 한들
네가 이 어미를 몰라보면 어떻게 할꼬
무덤 속에서 어미 쓰노라

   *瑞興金氏 : 필자의 先妣. 金己鳳. 池洞宅은 그의 宅號. 1951년 沒.

<1977년, 창작과비평>

물의 노래 (부분)

'새도 옮겨앉는 곳마다 깃털이 빠지는데'

1

그대 다시는 고향에 못 가리
죽어 물이나 되어서 천천히 돌아가리
돌아가 고향하늘에 맺힌 물 되어 흐르며
예섰던 우물가 대추나무에도 휘감기리
살던 집 문고리도 온몸으로 흔들어보리
살아생전 영영 돌아가지 못함이라
오늘도 물가에서 잠긴 언덕 바라보고
밤마다 꿈을 덮치는 물꿈에 가위 눌리니
세상사람 우릴 보고 수몰민이라 한다
옮겨간 낯선 곳에 눈물 뿌려 기심매고
거친 땅에 솟은 자갈돌 먼곳으로 던져가며
다시 살아보려 바둥거리는 깨진 무릎으로
구석에 서성이던 우리들 노래도 물 속에 묻혔으니
두 눈 부릅뜨고 소리쳐 불러보아도
돌아오지 않는 그리움만 나루터에 쌓여갈 뿐
나는 수몰민, 뿌리째 뽑혀 던져진 사람
마을아 억센 풀아 무너진 흙담들아
언젠가 돌아가리라 너희들 물 틈으로

나 또한 한많은 물방울 되어 세상길 흘러흘러
돌아가 고향하늘에 홀로 글썽이리

<1981년, 실천문학>

청이네 집

그해 여름 우리 식구가 와서 들게 된 이 집은 낡은 처마밑에 짓
다 만 제비집이 하나 있고 그 옆엔 작년에 살다간 제비가 다시
오지 않는 제비 흙집이 하나 부서져 있고

거친 송판을 잇대어 낸 두어 팔 남짓한 마루엔 해묵은 쥐똥 제비
똥이 한데 어울려 딩굴고 토끼장에는 토끼가 없고 이 토끼장에
도 한때는 토끼가 살았다는 듯 토끼똥만 쌓여 있고

살 부러진 문짝을 가만히 열어보면 머리 큰 왕개미 다리발 많은
고동각씨 음지로만 숨어 다니는 뭇버레들이 꽃무늬 비닐장판
밑에 먼저 들어와 살고 있었고

지난해까지 이 집에서 혼자 살다 인천이라든가 어디로 식모 살러
갔다는 한때는 돈 많은 포목상의 소실댁이었던 수심 많은 청이
네 엄마가 그의 답답한 속을 잠시 태우고 꺼버린 무수한 담배
꽁초들이 방구석에 널브러져 있었다.

<1986년, 한국문학>

장 영 수

東　海 1

<겨울에. 내 사촌과 바닷가에서. 찬 모래 위에서. 검은 바위
들을 들이받는 물결 소리 속에서.>

벌겋게 소주에 취한 내 사촌은
졸업을 하고 공장을 차리겠다고
설쳤다. 가진 돈도. 배경도
없으면서. 파도가 물거품을 튀기면서.

우리의 차가운 옷섶이. 겨울 바다의
체온을 닮으면서. 우리가 겨울
동해 바다 연변의 풍경의
한조각이 되면서.

먼 해안의 부두에. 공장 굴뚝
연기가. 얼어붙은 듯. 하늘로 뻗어
오르는 것을 보았다. 열차의 경적
소리가. 우리 등 뒤에서. 시뻘건 겨울
저녁놀에 깨져나가는 것을 들으면서.

우리는 돌아왔다. 컴컴한 어둠
속을 설치던 내 사촌은 군대에 가서
죽고. 나는 동해 바다의 끓어
오르던 물결 소리를 깊숙이 내
안으로 구겨 처박고 잠 재우고 있다.

잠들지 않는 젊은 우리들의 망상을
거칠도록 단호하게 빠져나오면서도
또 어느 거리 어느 길목에서 세상의
모든 담벼락에 검은 바위들에 일일이
참혹하게 부딪치면서.

<1973년, 문학과지성>

메 이 비

<천막교실, 가마니 위에 비는
내리고>

우리는 고무신으로 찝차를
만들었다. 미군 찝차가
달려왔다 네가
내리고.

미군들이 쑤왈거리다가 메이비,

하고 떠나고. 그리하여 너는
메이비가 되었다.
미제 껌을 씹는 메이비. 종아리 맞는
메이비.

흑판에 밀감을 냅다 던지는
메이비. 으깨진 조각을 주우려고
아이들은 밀려 닥치고.
그 뒤에, 허리에 손을 얹고 섰는
미군 같은 메이비.

남자보다 뚝심 센 여자애보다
뚝심 센 메이비. 여자애를 발길로
걷어차는 메이비.

지금은 비가 내리고.
어느 틈엔지 미군들을 따라
떠나버린 메이비.

바다 건너가 소식도 모를
제 이름도 모르던 메이비. 어차피
어른이 되어서는 모두가 고아였다.
메이비. 다시는 너를
메이비라고 부르지 않을 메이비.

<1974년, 현대문학>

정 호 승

賣 春

옥양목 옷보따리 보리밭에 내던지고
보리밭에 숨어서 봄밤을 팔아
버선발로 뛰어오는 봄비를 팔아
치마끈 풀고 오는 봄바람을 팔아
누이는 눈 파이고 귀를 잘리고
군데군데 보리밭은 쓰러지고
빨가벗고 빨가벗고 보름달은 도망가고
소버짐 마른버짐 번지는 이 땅
능골 논마지기 빚값에 팔아
송아지 핥아주던 어미소 팔아
상투 깎고 통곡하던 할배도 팔아
꽁치 두 마리 사들고 오던 애비도 팔아
누이는 소나무에 명주댕기 걸어놓고
벗으세요 벗으세요
군데군데 보리밭은 나뒹굴고 나뒹굴고
종다리 치솟는 아지랭이 팔아
호롱불에 하늘대는 젖가슴 팔아
호롱불은 넘어지고 보리밭은 타올라
활활 타올라 누이는 미쳐

실꾸리 반짇고리 보리밭에 내던지고

<1973년, 월간문학>

맹인부부 가수

눈 내려 어두워서 길을 잃었네
갈 길은 멀고 길을 잃었네
눈사람도 없는 겨울밤 이 거리를
찾아오는 사람 없어 노래 부르니
눈 맞으며 세상 밖을 돌아가는 사람들뿐
등에 업은 아기의 울음 소리를 달래며
갈 길은 먼데 함박눈은 내리는데
사랑할 수 없는 것을 사랑하기 위하여
용서받을 수 없는 것을 용서하기 위하여
눈사람을 기다리며 노랠 부르네
세상 모든 기다림의 노랠 부르네
눈 맞으며 어둠 속을 떨며 가는 사람들을
노래가 길이 되어 앞질러가고
돌아올 길 없는 눈길 앞질러가고
아름다움이 이 세상을 건질 때까지
절망에서 즐거움이 찾아올 때까지
함박눈은 내리는데 갈 길은 먼데
무관심을 사랑하는 노랠 부르며
눈사람을 기다리는 노랠 부르며

이 겨울 밤거리의 눈사람이 되었네
봄이 와도 녹지 않을 눈사람이 되었네

<1978년, 뿌리 깊은 나무>

서울의 예수

1

예수가 낚싯대를 드리우고 한강에 앉아 있다. 강변에 모닥불을
피워놓고 예수가 젖은 옷을 말리고 있다. 들풀들이 날마다 인간
의 칼에 찔려 쓰러지고 풀의 꽃과 같은 인간의 꽃 한송이 피었다
지는데, 인간이 아름다워지는 것을 보기 위하여, 예수가 겨울비
에 젖으며 서대문 구치소 담벼락에 기대어 울고 있다.

2

술 취한 저녁. 지평선 너머로 예수의 긴 그림자가 넘어간다.
인생의 찬밥 한그릇 얻어먹은 예수의 등 뒤로 재빨리 초승달 하
나 떠오른다. 고통 속에 넘치는 평화, 눈물 속에 그리운 자유는
있었을까. 서울의 빵과 사랑과, 서울의 빵과 눈물을 생각하며 예
수가 홀로 담배를 피운다. 사람의 이슬로 사라지는 사람은 보며,
사람들이 모래를 씹으며 잠드는 밤. 낙엽들은 떠나기 위하여 서
울에 잠시 머물고, 예수는 절망의 끝으로 걸어간다.

3

목이 마르다. 서울이 잠들기 전에 인간의 꿈이 먼저 잠들어 목
이 마르다. 등불을 들고 걷는 자는 어디 있느냐. 서울의 들길은
보이지 않고, 밤마다 잿더미에 주저앉아서 겉옷만 찢으며 우는
자여. 총소리가 들리고 눈이 내리더니, 사랑과 믿음의 깊이 사이
로 첫눈이 내리더니, 서울에서 잡힌 돌 하나, 그 어디 던질 데가
없도다. 그리운 사람 다시 그리운 그대들은 나와 함께 술잔을 들
라. 눈 내리는 서울의 밤하늘 어디에도 내 잠시 머리 둘 곳이 없
나니, 그대들은 나와 함께 술잔을 들라. 술잔을 들고 어둠 속으
로 이 세상 칼끝을 피해가다가, 가슴으로 칼끝에 쓰러진 그대들
은 눈 그친 서울밤의 눈길을 걸어가라. 아직 악인의 등불은 꺼지
지 않고, 서울의 새벽에 귀를 기울이는 고요한 인간의 귀는 풀잎
에 젖어, 목이 마르다. 인간이 잠들기 전에 서울의 꿈이 먼저 잠
이 들어 아, 목이 마르다.

4

사람의 잔을 마시고 싶다. 추억이 아름다운 사람을 만나, 소주
잔을 나누며 눈물의 빈대떡을 나눠 먹고 싶다. 꽃잎 하나 칼처럼
떨어지는 봄날에 풀잎을 스치는 사람의 옷자락 소리를 들으며,
마음의 나라보다 사람의 나라에 살고 싶다. 새벽마다 사람의 등
불이 꺼지지 않도록 서울의 등잔에 홀로 불을 켜고 가난한 사람
의 창에 기대어 서울의 그리움을 그리워하고 싶다.

5

　나를 섬기는 자는 슬프고, 나를 슬퍼하는 자는 슬프다. 나를
위하여 기뻐하는 자는 슬프고, 나를 위하여 슬퍼하는 자는 더욱
슬프다. 나는 내 이웃을 위하여 괴로워하지 않았고, 가난한 자의
별들을 바라보지 않았나니, 내 이름을 간절히 부르는 자들은 불
행하고 내 이름을 간절히 사랑하는 자들은 더욱 불행하다.

<1980년, 뿌리깊은 나무>

김 남 주

잿 더 미

꽃이다 피다
피다 꽃이다
꽃이 보이지 않는다
피가 보이지 않는다
꽃은 어디에 있는가
피는 어디에 있는가
꽃속에 피가 잠자는가
핏속에 꽃이 잠자는가

꽃이다 영혼이다
피다 육신이다
영혼이 보이지 않는다
육신이 보이지 않는다
꽃의 영혼은 어디에 있는가
피의 육신은 어디에 있는가
꽃속에 영혼이 깃드는가
핏속에 육신이 흐르는가
영혼이 꽃을 키우는가
육신이 피를 흘리는가

꽃이여 영혼이여
피여 육신이여

그대는 타오르는 불길에
영혼을 던져 보았는가
그대는 바다의 심연에
육신을 던져 보았는가
죽음의 불길 속에서
영혼은 어떻게 꽃을 태우는가
파도의 심연에서
육신은 어떻게 피를 흘리는가
꽃이다 피다
육신이다 영혼이다
그대는 영혼의 왕국에서
육신을 어떻게 다루었는가
그대는 피의 꽃밭에서
영혼을 어떻게 다루었는가
파도의 침묵 불의 노래
영혼과 육신은 어떻게 만나
꽃과 함께 피와 함께 합창하던가
숯덩이처럼 검게 타버리고
잿더미와 함께 사라지던가

그대는
새벽을 출발하여
폐허를 가로질러
황혼을 만나 보았는가

황혼의 언덕에서 그대는
무엇을 보았는가
난파선의 침몰을 보았는가
승천하는 불기둥을 보았는가
침몰과 불기둥은 무엇을 닮고 있던가
꽃을 닮고 있던가
피를 닮고 있던가
죽음을 닮고 있던가
그대는
황혼의 언덕을 내려오다
폐허를 가로질러 또 하나의
새벽을 기다려 보았는가 그때
東天에서 태양이 타오르자
西天으로 사라지는 달을 보았는가
죽어버린 별
죽으러 가는 별
죽음을 기다리는 별
그대는 달과 별의 부활을 위해
새벽의 언덕에서 기도를 드려 보았는가

그대는 겨울을
겨울답게 살아 보았는가
그대는 봄다운
봄을 맞이하여 보았는가
겨울은 어떻게 피를 흘리고
동토를 녹이던가
봄은 어떻게 폐허에서

꽃을 키우던가 겨울과
봄의 중턱에서
보리는 무엇을 위해 이마를 맞대고
눈 속에서 속삭이던가
보리는 왜 밟아줘야 더
팔팔하게 솟아나던가
잡초는 어떻게 뿌리를 박고
박토에서 群居하던가
찔레꽃은 어떻게 바위를 뚫고
가시처럼 번식하던가
곰팡이는 왜 암실에서 생명을 키우며
누룩처럼 몰래몰래 번성하던가
죽순은 땅속에서 무엇을 준비하던가
뱀과 함께 하늘을 찌르려고
죽창을 깎고 있던가

아는가 그대는
봄을 잉태한 겨울밤의
진통이 얼마나 끈질긴가를
그대는 아는가
육신이 어떻게 피를 흘리고
영혼이 어떻게 꽃을 키우고
육신과 영혼이 어떻게 만나
꽃과 함께 피와 함께 합창하는가를

꽃이여 피여
피여 꽃이여

꽃속에 피가 흐른다
핏속에 꽃이 보인다
꽃속에 육신이 보인다
핏속에 영혼이 흐른다
꽃이다 피다
피다 꽃이다
그것이다 !

<1974년, 창작과비평>

민 중

지상의 모든 富
쌀이며 옷이며 집이며
이 모든 것의 생산자여

그대는 충분히 먹고 있는가
그대는 충분히 입고 있는가
그대는 충분히 쉬고 있는가
그렇지 않다 결코
그대는 가장 많이 일하고 가장 적게 먹고 있다
그대는 가장 따뜻하게 만들고 가장 춥게 입고 있다
그대는 가장 오래 일하고 가장 짧게 쉬고 있다

이것은 부당하다 형제들이여

이 부당성은 뒤엎어져야 한다

대지로부터 곡식을 거둬들이는 농부여
바다로부터 고기를 길러내는 어부여
화덕에서 빵을 구워내는 직공이여
광맥을 찾아 불을 캐내는 광부여
돌을 세워 마을의 수호신을 깎아내는 석공이여
무한한 가능성의 영원한 존재의 힘 민중이여!

그대의 삶이 한 시대의 고뇌라면
서러움이라면 노여움이라면
일어나라 더이상 놀고 먹는 자들의
쾌락을 위해 고통의 뿌리가 되지 말고

이제 빼앗는 자가 빼앗김을 당해야 한다
이제 누르는 자가 눌림을 당해야 한다
바위 같은 무게의 천년 묵은 사슬을 끊어버려라
싸워서 그대가 잃을 것이라고는 아무것도 없다 쇠사슬말고는
승리의 세계가 있을 뿐이다.

<1987년, 시집 『나의 칼 나의 피』>

학 살 1

오월 어느 날이었다

1980년 오월 어느 날이었다
광주 1980년 오월 어느 날 밤이었다

밤 12시 나는 보았다
경찰이 전투경찰로 교체되는 것을
밤 12시 나는 보았다
전투경찰이 군인으로 교체되는 것을
밤 12시 나는 보았다
미국 민간인들이 도시를 빠져나가는 것을
밤 12시 나는 보았다
도시로 들어오는 모든 차량들이 차단되는 것을

아 얼마나 음산한 밤 12시였던가
아 얼마나 계획적인 밤 12시였던가

오월 어느 날이었다
1980년 오월 어느 날이었다
광주 1980년 오월 어느 날 밤이었다

밤 12시 나는 보았다
총검으로 무장한 일단의 군인들을
밤 12시 나는 보았다
야만족의 침략과도 같은 일단의 군인들을
밤 12시 나는 보았다
야만족의 약탈과도 같은 일군의 군인들을
밤 12시 나는 보았다
악마의 화신과도 같은 일단의 군인들을

아 얼마나 무서운 밤 12시였던가
아 얼마나 노골적인 밤 12시였던가

오월 어느 날이었다
1980년 오월 어느 날이었다
광주 1980년 오월 어느 날 밤이었다

밤 12시
도시는 벌집처럼 쑤셔놓은 붉은 심장이었다
밤 12시
거리는 용암처럼 흐르는 피의 강이었다
밤 12시
바람은 살해된 처녀의 피묻은 머리카락을 날리고
밤 12시
밤은 총알처럼 튀어나온 아이의 눈동자를 파먹고
밤 12시
학살자들은 끊임없이 어디론가 시체의 산을 옮기고 있었다

아 얼마나 끔찍한 밤 12시였던가
아 얼마나 조직적인 학살의 밤 12시였던가

오월 어느 날이었다
1980년 오월 어느 날이었다
광주 1980년 오월 어느 날 밤이었다

밤 12시

하늘은 핏빛의 붉은 천이었다
밤 12시
거리는 한 집 건너 울지 않는 집이 없었다
밤 12시
무등산은 그 옷자락을 말아올려 얼굴을 가려버렸고
밤 12시
영산강은 그 호흡을 멈추고 숨을 거둬버렸다

아 게르니카의 학살도 이렇게는 처참하지 않았으리
아 악마의 음모도 이렇게는 치밀하지 못했으리.

<1987년, 시집 『나의 칼 나의 피』>

이 가을에 나는

이 가을에 나는 푸른옷의 수인이다
오라에 묶여 손목이 사슬에 묶여
또 다른 곳으로 끌려가는

어디로 가는 것일까 이번에는
전주옥일까 대전옥일까 아니면 대구옥일까

나를 태운 압송차가
낯익은 거리 산과 강을 끼고
들판 가운데를 달린다

아 내리고 싶다 여기서 차에서 내려
따가운 햇살 등에 받으며 저만큼에서
고추를 따고 있는 어머니의 밭으로 가고 싶다
아 내리고 싶다 여기서 차에서 내려
숫돌에 낫을 갈아 벼를 베고 있는 아버지의 논으로 가고 싶다
아 내리고 싶다 여기서 차에서 내려
염소에게 뿔싸움을 시키고 있는 아이들의 방죽가로 가고 싶다
가서 그들과 함께 나도 일하고 놀고 싶다
이 허리 이 손목에서 오라 풀고 사슬 풀고
발목이 시도록 들길 한번 나도 걷고 싶다
하늘 향해 두 팔 벌리고 논둑길 밭둑길을 내달리고 싶다
가다가 숨이 차면 아픈 다리 쉬었다 가고
가다가 목이 마르면 샘물에 갈증을 적시고
가다가 가다가 배라도 고프면
하늘로 웃자란 하얀 무를 뽑아 먹고
날 저물어 지치면 귀소의 새를 따라 나도 가고 싶다 나의 집으로

그러나 나를 태운 압송차는 멈춰주지를 않는다
내를 끼고 강을 건너 땅거미가 내리는 산기슭을 돈다
저 건너 마을에서는 저녁밥을 짓고 있는가 연기가 피어오르고
이 가을에 나는 푸른옷의 수인이다
이 가을에 나는 푸른옷의 수인이다.

<1988년, 시집 『조국은 하나다』>

조국은 하나다

"조국은 하나다"
이것이 나의 슬로건이다
꿈속에서가 아니라 이제는 생시에
남모르게가 아니라 이제는 공공연하게
조국은 하나다

이제 나는 쓰리라
사람들이 주고 받는 모든 언어 위에
조국은 하나다라고
탄생의 말 응아응아 위에도 쓰고
죽음의 말 아이고아이고 위에도 쓰리라
조국은 하나다라고
갓난아기가 어머니로부터 배우는 최초의 말
엄마엄마 위에도 쓰고
어린이가 어른들로부터 배우는 최초의 행동
아장아장 위에도 쓰리라
조국은 하나다라고

나는 또한 쓰리라
사람들이 오고 가는 모든 길 위에
조국은 하나다라고

오르막길 위에도 쓰고 내리막길 위에도 쓰리라
바위로 험한 산길 위에도 쓰고
파도로 사나운 뱃길 위에도 쓰리라
조국은 하나다라고
밤길 위에도 쓰고 새벽길 위에도 쓰고
동강난 남과 북의 철길 위에도 쓰리라
조국은 하나다라고

나는 또한 쓰리라
인간의 눈이 닿는 모든 사물 위에
조국은 하나다라고
눈을 뜨면 아침에 맨처음 보게 되는 천정 위에 쓰리라
창을 열면 동천에 맨나중까지 떠 있는 샛별 위에 쓰리라
조국은 하나다라고
봄이면 시냇가에 가서 쓰리라 흐르는 물에
조국은 하나다라고
여름이면 앞강물 뒷강물에 가서 쓰리라 무지개 위에
조국은 하나다라고
가을이면 산에 가서 쓰리라 노랗게 물든 가랑잎에
조국은 하나다라고
겨울이면 눈 위에 쓰리라 축복처럼 만인의 머리 위에 내리는
그리고 아침저녁으로 밥상에 오르는 겨레의 양식이여
나는 쓰리라 쌀밥 위에도 보리밥 위에도
조국은 하나다라고

오 세상에서도 가장 아름다운 이름 삼천리 금수강산이여
나는 쓰리라 나는 쓰리라 바다에 가서 모래 위에

조국은 하나다라고
파도가 와서 지워버리면 그 이름 산에 가서 쓰리라
조국은 하나다라고
눈비가 와서 지워버리면 그 이름 하늘에 가서 쓰리라 먹구름
헤치고
조국은 하나다라고
세월이 와서 지워버리면 그 이름 가슴에 내 가슴에 수 놓으리라
일편단심 붉디붉은 우리 누이의 마음의 실로
조국은 하나다라고
그리하여 마침내 나는 외치리라
노동과 투쟁의 손이 잡을 수 있는 모든 무기를 들고
식민지의 낮과 밤이 쌓아올린 분단의 벽에 대고 외치리라
조국은 하나다라고
압제와 착취가 날조해낸 허위의 벽 반공이데올로기에 대고 외
치리라
조국은 하나다라고
남도 아니고 북도 아니고 그 어중간에서 좌충우돌하다가
끝내는 제3의 나라로 도망치는 망명의 벽에 대고 외치리라
조국은 하나다라고
가난과 부의 세계를 오락가락하면서
갈보질도 좀 하고 뚜쟁이질도 좀 하고 그래서 돈도 좀 벌고
이름도 좀 날리는 중도좌파의 벽에 대고 외치리라
조국은 하나다라고

그리고 마침내 나는 내걸리라 지상에 깃대를 세워 하늘 높이에
나의 슬로건 조국은 하나다를
키가 장대 같다는 양키 점령군의 손가락 끝도

가난뱅이의 등짝에 주춧돌을 올려놓고 그 위에
거재를 쌓아올린 자본가의 마천루도
언제나 결정적인 순간에는 지배계급의 형제였던 교회의 첨탑도
감히 범접을 못하도록 최후의 깃발처럼 내걸리라
자유를 사랑하고 민족의 해방을 꿈꾸는
식민지의 모든 인민이 우러러볼 수 있도록
나의 슬로건
"조국은 하나다"를.

<1988년, 시집 『조국은 하나다』>

혁명은 패배로 끝나고

서른에서 마흔 몇살까지
황금의 내 청춘은 패배와 투옥의 긴 터널이었다
이에 나는 불만이 없다
자본과의 싸움에서 내가 이겨 금방 이겨
혁명의 과일을 따먹으리라고는
꿈에도 생시에도 상상한 적 없었고
살아남아 다시 고향에 돌아가
어머니와 함께 밥상을 대하리라고는 생각지도 않았다
나 또한 혁명의 길에서
옛 싸움터의 전사들처럼 가게 될 것이라고
그쯤 다짐했던 것이다

혁명은 패배로 끝나고 조직도 파괴되고
나는 지금 이렇게 살아 있다 부끄럽다
제대로 싸우지도 못하고 징역만 잔뜩 살았으니
이것이 나의 불만이다
그러나 아무튼 나는 싸웠다 ! 잘 싸웠거나 못 싸웠거나
승리 아니면 죽음 !
양자택일만이 허용되는 해방투쟁의 최전선에서
자유의 적과 싸웠다 압제와
노동의 적과 싸웠다 자본과
펜을 들고 싸웠다 칼을 들고 싸웠다
무기가 될 수 있는 모든 것을 들고 나는 싸웠다.

<1991년, 시집 『사상의 거처』>

김 진 경

큰장수하늘소

국민학교 자연시간,
큰장수하늘소는 천연기념물이라고 떠드는
선생님의 눈을 피해
우리들의 집게벌레는 책상 위를 돌진하고 있었다.
삼팔선을 넘어 나의 집게벌레가 돌진하면
너의 집게벌레는 책상의 끝으로 몰리고
너는 주먹으로 내 집게벌레를 으깨버렸다.
싸움이 벌어지고

복도에서 벌을 서며, 너는 고아원을 탈출하겠노라고
여름방학이 되도록 너의 책상은 비어 있었다.
사람들은 네가 빨갱이 자식일 거라고도 하고
어떤 아이들은 옥녀봉 부근 고구마밭에서 널 보았다고도 하고

나는 비어 있는 너의 자리 곁에서 항시 꿈꾸었다.
네가 땔감을 꺾으러 오르는 거대한 나무를
너는 잔가지를 툭툭 꺾어내리며 껄껄거리고
나는 힘센 장수하늘소처럼
네가 멀리 날아가는 것을 꿈꾸었다.

그러나 어느 겨울날 너는 돌아와
고드름이 매달린 고아원 추녀 밑에 햇빛을 쪼이고
철조망에 매달려 부르는 나를 향해 욕설을 퍼부으며
고드름을 따서 던졌다.

아무도 들여다보아서는 안될 너의
그늘을 나는 들여다본 것일까.
돌아오며 나는 우리들의 그늘을 가슴 깊이
묻고 있었다.

<1982년, 5월시 판화집>

교과서 속에서

가르친다는 것은
싸우는 것이다.
휴전선에 얽혀 있는 가시철조망들이
잔뿌리를 내려
가시면류관처럼 한반도를 둘러싸더니
어느새 교과서의 글자들마다 실뿌리가 보이고
날선 가시가 번득인다.
아, 교과서 속에서
살해된 내 어머니 한반도의 시신 위로
철조망들이 뿌리를 내리고 양분을 빤다.

눈물을 흘려서는 안되리라
아이들의 맑은 눈앞에서.
눈을 크게 뜨고
정직하게 보라고 말해야 하리라.
교과서는 교사의 면류관이다.
교과서는 아이들의 면류관이다.
교과서를 잡는 아이들의 손에
교과서를 잡는 나의 손에
가시가 박혀 피가 흐른다.
아이들아 겹겹이 쳐진 철조망을 헤치고
거기 쓰러져 누워 있는
우리들의 어머니 한반도를 정직하게 보자.
우리들의 손에 흐르는 피를 정직하게 보자.

가르친다는 것은
싸우는 것이다.
배운다는 것은
싸우는 것이다.
교실 창밖의 라일락도
참담한 수업을 들여다보며 안쓰러워 고개 흔든다.

<1985년, 실천문학>

닭벼슬이 소똥구녕에게

이눔아
옛말에 이르기를
소똥구녕이 되느니 닭벼슬이 되라 혔다
옛말이 하낫두 틀린 거 읎어
니 친구 형 경환이 봐라
갸가 미국소 똥구녕 빨다가 망한 거여
니가 갸를 도와준다등만
니까지 아예 미국소 똥구녕이 돼뻔진 거냐
얘라이 요 호로자식 같으니,
조상님 생각도 좀 혀라
니 할애비두 할애비지만
증조부 고조부께서
이장을 시켜주든지 어쩌든지 허라구 생야단이시다
아, 주위에 있는 무덤 속 귀신들이
그 무덤에서 웬 소똥냄새가 심허냐구 지랄헌다는겨
야, 이눔아
설치구 다니지 말어
해방 때 사람덜이 뭐라구 한 중 아냐
미국눔 믿지 말구
쏘련에 속지 말라구 혔어
그 말이 꼭 맞드라

니눔은 이 할애비가 농투사니여서 못마땅허겄지만
그래두 이 할애비는 닭벼슬이었어 이눔아
내 땅에 내 땀 흘려 내 거두어 먹구 살었단 말여
그런디 넌 뭐냐
뭐 한자리 혔다구 휜소린 모양인디
한자리 헌 눔치구 도둑놈 아닌 눔 있냐
솔직히 말혀봐
니눔은 큰 도둑눔 아녀
도둑놈이기만 허믄 다행이지
조선땅에서 한자리 헌 눔치구
일본소든 미국소든 소똥구녕 아닌 눔 있었냐
냉수 먹구 속 차려라 이눔아
어느 년 구멍을 쑤셔서
그런 자식을 퍼질러 놨느냐구
주위에 있는 무덤 속 귀신들이 난리가 아녀
조신혀라
소똥구녕이 되느니 닭벼슬이 되라는 옛말
하낫두 틀린 거 읎어 이눔아

<1991년, 창작과비평>

송 기 원

편　지

어머니.

긴 밤이 끝나고 새벽이 오려 하고 있습니다. 쇠창살 너머로 새벽별이 스러지고 이제 막 동이 트는 능선마다 달려오는 사람들을 보세요. 내일을 살기 위하여 오늘을 죽는 새벽의 사람들을 보세요. 이슬에 젖은 발자욱 소리가 지금 산야를 울립니다.

어머니.

이름없는 산야의 이름없는 무덤들 사이에서 아직은 잠들지 마세요. 시들은 잡초들 무성한 무덤 너머로 새벽별이 스러지고 이제 막 동이 트는 능선마다 달려오는 눈부신 새벽의 사람들을 위하여 아직은 잠들지 마세요. 그토록 긴밤을 떠돌던 많은 넋들과 함께 아직은 잠들지 마세요.

<1983년, 시집 『그대 언 살이 터져 시가 빛날 때』>

솔 바 람

어제는 죽은 아비 때문에 울었습니다.
오늘은 죽은 오라비 때문에 웁니다.
내일은 혼자 남은 어미가 울겠지요.

<1984년, 17인 신작시집 『마침내 시인이여』>

살 붙 이

나이가 마흔이 넘응께
이런 징헌 디도 정이 들어라우.
열여덟살짜리 처녀가
남자가 뭔지도 몰르고 들어와
오매, 이십년이 넘었구만이라우.
꼭 돈 땜시 그란달 것도 없이
손님들이 모다 남 같지 않어서
안즉까장 여그를 못 떠나라우.
썩은 몸뚱어리도 좋다고
탐허는 손님들이
인자는 참말로 살붙이 같어라우.

<1988년, 창작과비평>

이 광 웅

아들 생각

눈이 내린다.
하늘에서 눈이 내린다.

눈이 내린다.
피신해온 밤에
아들의 시가 내린다.
눈 다친 어린아이
시가 내린다.

——아버지의 몸에 눈이 묻는다.
　　하늘의 눈이 묻는다.

빈 방 청소해주다 쓸어담은 종이 부스러기
쓰레받기 위에서 빛 발하던 싯구절,
눈이 내린다.
아들의 시가 내린다.

분명 눈이 내린다.
분명 우리 새끼들 자는 낮은 지붕 위

무겁고 성스러운
눈이 내린다.

<1989년, 시집 『목숨을 걸고』>

조 재 훈

날개를 위하여

꽃인 양 붉은 피 재우며
가을 빗소리
밤새워 듣는 것은
무엇 때문인가

한송이 찔레의
여울을 건너, 은하를 건너
옛집,
삐비꽃 연신 흔들리고
흔들며 몸살짓는
푸른 언덕에
저절로 쏟아지는
햇살을 알고 있거니

북국처럼 끝없이
눈 쌓이는 밤
흐린 호롱불 아래
우리의 헌옷을 꿰매며
달빛처럼 고이는

그 눈물을 또한 알고 있거니

어울려 웃는 법과
돈 세는 법
어른이 되는 법을
童貞을 잃듯 익혀가지만

해마다 고향 뒷산
늙은 홰나무 둥우리에
부리 고운 새새끼들
머언 길 떠날
채비하고 있나니

어지러운 땅 위의
모든 길이 잠들고 나면
활활 타오르는
모닥불, 가슴과 가슴이 맞닿을
포옹

무엇 때문인가
난바다의 깃발을 접으며
뿌옇게 어리는 안개,
안경알을 닦는 것은.

<1977년, 공주사대학보>

제 2 부

고정희
김광규
송수권
임홍재
하종오
이상국
이영진
김명수
박몽구
박운식
이성복
최승호
문익환
고형렬
김혜순
박남철
이윤택
최승자

■ 해 설

1970년대 후기의 시인과 시

최 두 석

70년대 후반은 '유신'이라는 이름의 가혹한 독재체제가 이땅의 자유로운 정신들을 짓누르던 시대이다. 하지만 그러한 폭압적 상황에도 불구하고 시적 대응은 도무지 위축되지 않았으니 이 글을 통해 개관하고자 하는 대상은 주로 그러한 체제의 각질을 뚫고 시쓰기의 자유를 행사하기 시작한 시인들의 시이다. 그리고 그들의 작품활동은 잔학한 폭력과 처절한 응전의 광주항쟁 이후에 더욱 본격화되어 오늘에 이른 경우가 많다. 임홍재나 고정희처럼 이미 유명을 달리한 경우도 있지만 이 시기에 등장한 시인 가운데는 앞으로의 작품활동으로 인해 더욱 주목받게 될 시인도 상당수 있을 것이다.

문학사적으로 70년대 후반은 민족현실에 대한 정당한 관심을 필요조건으로 하는 민족문학이 확고히 자기 자리를 잡은 시기라고 할 수 있겠다. 이 점을 다른 각도에서 조명하자면 남한의 체제 속에서 안주해온 문협파의 시가 현저히 설득력을 상실하게 된 시기인 것이다. 민족현실 혹은 체제의 모순에 대한 창작적 관심을 배제한 문협파의 시가 '음풍농월'로 흘렀다면 그것을 비판하는 민족문학 진영의 시인들은 역사의식과 사회의식을 바탕에 깔고 자신의 시적 과제를 설정하였다. 이 시기 시인들에게 '역사적 상상력'이나 '창작적 실천'이 중요하게 부각된 연유가 여기에 있다고 하겠다.

문협파의 계보에 속하면서도 시적 성취 면에서 음풍농월로 간단히

치부될 수 없는 시가 있다면 그 시는 아마 전래적 서정의 탐구라는 면에서 저력을 보인 경우에 해당될 것이다. 김소월 이래 전래적 서정의 요체를 '한(恨)'이라 한다면 그것은 합리적 인식을 거부하는 운명의 자리에 놓인다고 판단된다. 그런데 한이나 운명에 대해 마냥 무감각하거나 대범할 수 있는 한국인이 얼마나 있겠는가. 그렇듯 막무가내인 한국적 정서의 탐구라는 면에서 이 시기에 주목되는 시인으로 송수권을 들 수 있겠다. 「산문에 기대어」의 '눈물'이나 「지리산 뻐꾹새」의 '울음'은 무슨 근거가 있다기보다는 생리적인 현상에 가깝다.

그런데 송수권의 전통적 서정의 탐구는 70년대 후반의 예외적인 경우이며 당대의 시대정신과도 거의 무관하다고 생각된다. 그리하여 당대의 시대정신의 구현에 비중을 두고 전래적 서정시를 비판하면서 등장한 시인들은 맹목적인 눈물이나 울음의 방류를 허용하지 않고 그 근거를 묻게 되는바 그러한 경우 부각되는 게 역사의식이라 하겠다. 이러한 입장에서 볼 때 한은 더이상 생리적 현상으로 방치될 수 없고 그 연원은 민족의 근현대사와 결부되게 마련이다. 민족사에 대한 자각이 민족문학의 주요한 과제이자 바탕이라 할 때 민족문학 진영의 시인들이 운명을 역사로 바꾸는 창작적 작업을 수행하게 된 것은 필연이라고 여겨진다.

임홍재의 「등나무 아래서」와 이상국의 「장(檣)을 바라보며」는 왜곡된 우리의 근대사를 제재로 삼은 시이다. "스스로 오랏줄을 매고 앉아/푸르른 등을 밝히는 등나무를 보면/할아버지 생각이 난다"나 "푸른 기와집 난리통에 연기로 올리고/울안팎 하늘 땅만 지키시다가/……/할머닌 오동나무장의 옹이무늬 되셨습니다"에서 볼 수 있듯 '등나무'와 '옹이무늬'는 시 속에서 각각 할아버지와 할머니의 한많은 생애를 나타내지만 결국 뒤틀린 역사의 객관적 상관물로 작용하게 된다. 일제의 가막소 뒤뜰에서 주리틀려 죽은 할아버지나, 아들을 징용으로 잃은 할머니의 생애는 민족사가 개인에게 구체화된 것으로 읽히기 때문이다.

한편 이영진의 「6·25와 참외씨」는 우리의 현대사를 상징하는 육이

오를 소재로 한 작품이다. 육이오에 대한 의식이 착잡한 만큼 다변으로 이루어진 이 시는 "슬픔 없이 자라난 슬픈 심장"에서 볼 수 있듯 전쟁 체험이 없는 세대의 육이오에 대한 의식을 잘 표현하고 있다고 생각된다. 또한 "나에게 그대 슬픔과 분노를 강요하지 말라"에 나타나 있듯, 분단체제 아래서 육이오가 반공 이데올로기와 결부되어 '뒷 세대의 세계관의 형성에 얼마나 장애로 작용해왔나'를 효과적으로 보여주고 있다고 생각된다. 따라서 이 시는 역으로 '시가 그러한 허위의식으로서의 이데올로기에 대한 저항의 양식일 수 있다'는 사실의 예가 된다고 하겠다.

시를 읽고 쓰는 행위의 중요한 동기 가운데 하나는 현실세계를 제대로 인식하고 살아가기 위해서일 것이다. 정당한 사회의식이나 역사의식의 함양을 통해 허위의식을 극복하는 일이 시인들에게 절실한 이유는 여기에 있을 것이다. 그러므로 분단이나 통일문제에 대한 관심은 시인에게 당위라기보다는 필연이라고 하겠다. 문제의식이 시 안에서 당위에 머물지 않고 필연적인 것으로 구현되기 위해서는 상상력의 자유분방한 구사가 요구되는바 고형렬의 「사리원 길」은 그러한 본보기가 된다고 생각된다. 주지하다시피 사리원은 휴전선 이북 황해도의 한 지명인데 시적 자아는 사리원 길을 어떠한 장애도 없이 한가롭게 걸어가고 있다. 그리고 그것은 질곡의 현실에 대한 일종의 시적 역설인 셈이다.

문제의식이 당위를 넘어 필연이 되는 상상력과 함께 시인의 실천이 중요하게 작용하는 듯하다. 그 점은 오십대의 나이에 시작 활동을 개시한 문익환의 「꿈을 비는 마음」이나 「잠꼬대 아닌 잠꼬대」를 보면 잘 알 수 있다. 상대적인 비교가 허락된다면 「꿈을 비는 마음」이 주로 꿈 혹은 상상력에 의존하고 있다면 「잠꼬대 아닌 잠꼬대」는 시인의 사회적 실천이 중요하게 작용한 시이다. "역사를 말하는 게 아니라 산다는 것"이라는 언명에도 나타나듯 「잠꼬대 아닌 잠꼬대」의 핵심은 실천에 있는 것인데 이 시는 시인이 통일운동가로서 방북을 결행하는 과정과 맞물려 있다. 두 편의 시 모두에 시인의 실천적 열정이 짙게 배어들어 있음은 물론이다.

70년대 후반에 등장한 시인들의 창작활동이 80년대에 와서 더욱 왕성하게 된 경우가 많다는 점은 앞에서 언급한 바 있거니와 80년대는 바야흐로 민중운동의 시대라 할 수 있다. 박몽구의 「목포 앞바다」에 나타나듯 "온 산에 들판에 일어서는 친구들은/그날부터 하나가 맞아 죽으면/열이서 쉬지 않고 벌떼같이 일어서는" 시대가 된 것이다. 물론 민중운동이 통일운동과 동떨어질 수 없을 터이니 그 점은 「교동도에 가서」에 나오는 주모가 분단으로 인한 실향민이라는 데서도 드러난다. 이렇듯이 우리의 현대시가 민족사의 전개와 긴장을 형성하며 함께 나아가고 있다는 점은 이 시기에 민중에 대한 관심을 드러낸 시가 많다는 사실에서도 확인된다.

하종오의 「벼는 벼끼리 피는 피끼리」나 「청량리 역전」은 민중과의 연대감을 드러낸 시 가운데 수작에 해당될 듯하다. "아무데서나 푸릇 푸릇 하늘로 잎 돋아내고/아무데서나 버려져도 흙에 뿌리박"는 벼와 피의 생태는 민중들의 삶의 방식과 다르지 않으며 간데라 불을 돋우며 "서러운 인생은 언제까지 서러운가"라고 자문하는 청량리 역전의 노점상은 그대로 민중의 일원이다. 「청량리 역전」의 경우 시적 주체가 노점상이라는 배역을 제대로 소화해내고 있으며 「벼는 벼끼리 피는 피끼리」의 경우 감정이입된 시인의 마음이 민중의 정서를 대변하고 있다. 그리고 이러한 창작방법의 구사는 민중과의 연대감을 드러내는 데 매우 효과적이라 생각된다.

일반적으로 지식인 시인들의 민중 탐구는 그들의 사회의식의 심화와 동행한다고 말할 수 있겠다. 그리고 그러한 탐구는 인간이 인간답게 사는 세상에 대한 열망에 의해 수행될 것이다. 대체로 시인이 지식인적 속성을 지니게 마련이지만 이 시기의 시인들이 민중과의 유기적 관계를 형성하려는 노력은 문학사적 과제와 결부된다고 하겠다. 지식인 시인들의 민중과의 유기성 확보 노력은 민중 출신 시인의 진출을 초래하는데 그 점은 문학의 민주화와 무관할 수 없을 터이다. 그러한 맥락에서 이 시기의 농민시인 박운식은 농민의 감수성을 생생하게 드러내는 시를 써서 주목된다. "씨앗들의 거짓 없는 속삭임"을 듣는 「골방에서」의 시적 자아는 농민이 아니면 형상화하기 힘들 것이다.

시를 지적 허영의 대상으로 생각하는 독자들에게 진정한 시인들은 아마 곧잘 실망을 안겨줄 것이다. 그 이유는 대체로 시인이 감당하고 있는 문제의식의 무게 때문일 터인데 그러 면에서 고정희 또한 예외가 아니다. 그녀의 경우 장시나 연작시를 의욕적으로 시도하고 있는 바 그러한 형식 선택은 적극적으로 문제의식을 감당하려는 노력과 결부된다. 「화육제 별사」는 유신독재의 "부끄러운 이땅"에서 보낸 신학대학 시절을 회상하는 장시이고 「위기의 여자」는 여성문제를 다룬 연작시의 하나이다. 그런데 아무리 정당한 문제의식이라 하더라도 시인 자신의 내면과 밀착될 때 시적 성취를 이룩할 수 있을 것이니 「화육제 별사」나 「위기의 여자」는 그 점을 잘 보여주는 듯하다.

고정희가 동적이라면 김명수는 정적인 시인이다. 달리 말해서 고정희의 의욕과 열정에 비해 김명수의 시는 훨씬 잔잔하게 가라앉아 있다. 「검차원」 「탈상」 「찔레 열매」 등에서 보듯 목청을 높이는 경우가 거의 없이 담담한 어조로 이루어진 김명수의 시편들은 사물에 대한 오랜 사색의 열매라는 느낌을 자아낸다. 사회의식이나 역사의식의 표출을 자제하되 그것이 표출되는 경우에도 담백한 묘사 혹은 절제된 서사 속에 은밀하게 담겨 있다. 그러니까 김명수의 시는 문제제기보다 자기 성찰에 바쳐지는 경우가 많으며 그 점은 「찔레 열매」의 시구 "어느날 내가 죽어／깊은 겨울 오면／인적 없는 골짜기 모이라도 되랴"에서도 알 수 있다.

70년대에 가장 영향력이 있던 문예지는 『창작과비평』과 『문학과지성』일 터인데 전자의 미학적 기반이 리얼리즘이라면 후자는 모더니즘이라고 할 수 있겠다. 또한 전자가 민족현실과 관련하여 정당한 역사의식이나 사회의식을 강조했다면 후자는 창조적 정신의 자유로움과 개성을 중시하여 이 시기의 문학운동을 주도하였다. 하지만 이러한 구분이 절대적일 수는 없으니 시인들 각자에게 위의 두 가지는 상보

적 관계를 형성하여 어차피 하나로 통합될 수밖에 없을 것이다. 하지만 상대적 성향을 인정한다면 이상에서 거론한 민족문학 진영의 시인들이 주로 전자에 비중을 둔 반면 앞으로 개관할 시인들은 후자와 더욱 긴밀한 관계에 있다고 하겠다.

「희미한 옛사랑의 그림자」에 나타나듯 김광규는 사일구 세대에 속하는 시인이다. 같은 세대의 문인들에 비해 뒤늦게 작품활동을 시작한 김광규는 감성보다는 지성에 더 많이 호소하는 시인이다. 평범한 일상생활의 소재를 선택하되 그것이 시로서 빛나게 되는 것은 예지의 조명을 받고 있기 때문일 것이다. 「어린 게의 죽음」에 나오듯 썩어가는 게의 시체에서 "아무도 보지 않는 찬란한 빛"을 보는 것은 그의 득의의 영역일 것이다. 그리고 그러한 예지의 조명은 곧잘 문명비판의 차원으로 확산되기도 한다. 그런 뜻에서 어린 게가 "달려오는 군용 트럭에 깔려／길바닥에 터져 죽는다"는 시구는 우연으로 읽히지 않는다.

현대시에서 이미지가 주목되는 것은 이미지를 통해 시인의 정신이 드러나기 때문일 것이다. 단순한 감각적 이미지 차원이 아니라 이미지를 통한 사유라는 면에서 이 시기에 돋보이는 시인으로 우선 이성복을 들 수 있겠다. 가령 「1959년」의 시구, "어머니는 살아 있고 여동생은 발랄하지만／그들의 기쁨은 소리없이 내 구둣발에 짓이겨／지거나 이미 파리채 밑에 으깨어져 있었고"에서 보듯 이미지가 곧 시인의 상념인 셈이다. 또한 「금빛 거미 앞에서」의 "금빛 거미가 저희를 먹고／흰 실을 뽑을 거예요"는 우리 시대의 불감증을 일깨우는 그로테스크한 이미지이거니와 이 시에서 금빛 거미는 자본주의 사회의 물신을 상징하는 것으로 읽힌다.

모더니즘이 자본주의의 도시문명을 배경으로 한다는 점은 두루 알려진 사실이지만 시인들이 그러한 문명에 대해 호감을 갖는 것은 아니다. 오히려 도시문명은 지극히 혐오스러운 괴물과 같은 존재이며 그 속에서 욕망은 무한대로 증식되고 그 앞에서 합리적 이성은 무력할 수밖에 없다는 것이 모더니즘 시인들의 일반적 생각이다. 최승호의 「자동판매기」를 보면 "무서운 습관이 나를 끌고 다닌다"는 시구가 나오는데 그것은 현대인의 자동화된 삶에 대한 진술인 셈이다. 또한 「시궁쥐」에서 "부지런한 맞벌이 부부／시궁쥐 한쌍"을 등장시키고 있는데 그들은 우리 시대 소시민의 동물적인 삶을 드러내는 시적 표상이라 할 수 있다.

합리적 이성을 부인하는 것이 모더니즘 시의 한 가지 주요한 속성이라면 그러한 시에서 세계와의 변증법적 긴장관계를 견지하는 시적 주체는 등장하지 않는다. 세계는 혼돈이고 신뢰할 만한 인간관계도 성립되지 않는다. 최승자의 「누군지 모를 너를 위하여」에 나오는 "문명의 사원 안엔 어두운 피의 회랑이 굽이치고" "사교의 절차에선 허무의 냄새"가 나는 것이다. 「이천년대가 시작되기 전에」에서는 맥도 긴장도 없는 인생살이가 다루어지고 있는바 그녀에게 시는 그러한 인생에 대해 "진저리를 치며" "저 혼자 울부짖는" 일인지도 모른다. 최승자의 시에 빈번히 나오는 과격한 이미지나 극언은 절망적인 세계 속에서 살아가는 자의 몸부림으로 읽히고 그것은 나름대로 절실한 울림을 동반한다.

새롭고도 파격적인 이미지의 창출이나 극단적 상황의 묘사는 타성에 젖은 혹은 자동화된 현대의 독자들을 일깨우는 방법일 수 있겠다. 또한 유사한 입장에서 기존의 시형식과는 판이한 형태파괴시를 시도할 수도 있겠다. 김혜순의 「딸을 낳던 날의 기억」이 참신한 이미지의 창출이라는 면에서 돋보인다면 이윤택의 「S·F 영화」는 극단적인 상황의 묘사라는 점에서 첨단을 걷는다. 한편 박남철의 「어머니」는 나름대로 독특한 시형태의 창출이라는 점에서 시선을 끈다. 하지만 이러한 방법상의 자각이 정상적인 의사소통에 대한 절망에서 나왔다 하더라도 인간에 대한 근원적 신뢰 혹은 애정과 무관할 수 없을 것이니 끝내 저버릴 수 없는 신뢰와 애정 때문에 계속해서 시를 쓴다고 말할 수도 있을 것이다.

방법상의 새로움의 추구는 인간적 진실의 구현과 혼연일체가 될 때 시적 성취에 부응할 수 있다고 하겠다. 그런 의미에서 박남철의 「어머니」와 김혜순의 「딸을 낳던 날의 기억」의 경우 그 소재가 시인에게 절실하고도 소중한 체험이라는 점을 유념할 필요가 있겠다. 일반적으로 방법상의 새로움의 추구는 개성적인 시세계의 창조와 결부될 터인데 당연한 말이지만 '허위의식으로서의 개성'이 요구되는 것은 아닐 것이다. 모더니즘 시인에게도 정당한 역사의식이나 사회의식이 요구되는 이유가 여기에 있다고 생각된다. 상식적으로 시의 근원은 시인이겠으되 시인도 결국 사회적 동물이다. 즉 애매하기 짝이 없는 인간적 진실이란 결국 시인 자신과 그가 살아가는 사회 사이를 오가면서 구현될 수밖에 없을 것이다.

고 정 희

化肉祭*別詞 (부분)

1. 성금요일 오후

친구여 언제나 그랬지
사월, 고난주간 성금요일 오후에
수유리의 신학대학 캠퍼스는
가장 부끄러운 이땅의 구호와 맞서 있었지
이 날의 聖戰을 위하여
수유리의 하늘 아래선
마태수난곡 혹은 가브리엘 포레의 레퀴엠이
성난 우리의 脈을 가만가만 짚어내리고
수유리에 잠든 혼령들 하나하나 일으켜세우면
어디선가 순례자의 봇물 같은 슬픔이 밀려와
사월의 잔디 위에 바람으로 누웠지
그때 우리는 검은 祭衣로 몸을 감싸고
'주의 기도문' 마지막을 암송하였어
　……나라와 권세와 영광이
　아버지께 영원히 있사옵나이다
갑자기 수유리의 바람은 사나워져서
등나무 줄기를 사정없이 난타질하고

아아 복사꽃 흔들리는 사월
그리도 명징한 느릅나무 가지 사이로
불안한 우리들 내부를 가로지른 솔개 한 마리
획, 날갯죽지를 꺾고 떨어져내렸다
"풀어주소서 나 두려움에 떨도다"
"리베라메 도미네"
"리―베라메 도―미네"
묵시의 하늘 아래
중세의 어둠은 내려와 길게 드러누웠지
오후 세시를 향한 골짜기에서
단식보다 완강한 침묵에 인도되어
우리는 몇번이고 기도문을 암송했어

2. 우리를 고독한 자이게 하소서

키리에, 키리에, 키리에
이땅에 당신의 자비가 임하옵시며
이땅에 당신의 자유가 임하옵시며
이땅에 당신의 해방이 임하옵시며
이땅에 당신의 용서가 임하옵시며
(오, 주님 아니올시다)
이땅에 당신의 징벌이 임하옵시며
이땅에 당신의 심판이 임하옵시며
이땅에 당신의 분노가 임하옵시며
이땅에 당신의 저주가 임하옵시며
(오, 그러나 주님 어찌 하리까)
이땅에 당신의 화해를 내려주시고

이땅에 당신의 궁휼을 내려주시고
이땅에 당신의 선포를 내리소서
(오, 그러나 주님 뜻대로 하옵소서.
그리고)

우리가 뭔가를 할 수 있는 자들이라면
우리가 뭔가를 줄 수 있는 자들이라면
먼저 우리를 고독한 자이게 하소서
우리가 참으로 진리를 따르고
우리가 참으로 사랑할 수 있는 자들이라면
주여, 우리를 고독한 자이게 하소서
우리가 참으로 고독한 길에 맞서서
고독을 끌어안고 번뇌하게 하소서
(오 고난의 주님)
진리의 길은 고독한 길이기 때문입니다
사랑의 길은 고독한 길이기 때문입니다
자기를 던짐의 길은 고독한 길이기 때문입니다
자기를 내어줌의 길은 고독한 길이기 때문입니다
자유를 따름의 길은 더욱더 고독한 길이기 때문입니다
우리가 참으로 고독해보지 않고는
진정한 슬픔에 이르지 못하고
우리가 참으로 고독해보지 않고는
진정한 만남에 이르지 못합니다
우리가 참으로 고독해보지 않고는
진정한 위로 진정한 사랑을
내어줄 수 없습니다
우리가 참으로 버림당해보지 않고는

진정한 싸움에 이르지 못합니다
(오 긍휼하신 야훼님)
우리의 용렬한 구호주의를 어루만지소서
우리의 찰나적 도덕주의를 무너뜨리소서
우리의 음흉한 영웅주의
우리의 비겁한 합리주의를 진맥하소서
찢어지게 가난한 우리 정신의 모래무지
여기 받쳐들었사오니
옹기를 빚으시든
청자를 빚으시든
(주여 우리는 이제 속수무책이나이다)

3. 우리의 믿음 치솟아 독수리 날 듯이

친구여 야훼는 언제나 침묵하셨지
언제까지나 기다림이신 야훼
언제까지나 언제까지나 장벽이신 야훼
언제까지나 언제까지나 언제까지나
열등한 우리의 신념이신 야훼
우리의 위선의 동기가 되신 야훼
비천한 분노에 심장을 맡기는 우리의
대리석 기둥이신 야훼
금술동이의 술잔을 허락하신 야훼
야훼는 그렇게 오해를 허락하셨지
야훼는 그렇게 의혹도 허락하셨지
피흘림도 난도질도 도피도 허용하셨지

우리는 다시 사도신경을 외우며
삼삼오오 어깨둥지를 틀고
오후 세시의 수유리 골짜기를 오르고 있었어
삼각산 숲정이의 모든 밑둥우리에서
나지막한 오열이 부풀고 있었어
캠퍼스의 정수리에
높다랗게 조기(弔旗)가 게양되고
검은 하늘에 몇 줄기 휙휙
마른번개가 꽂히고 있었지
우리는 오후 세시의 문으로 들어가고 있었어
어깨둥지의 시작과 끝에서
개편찬송가 삼백육십팔장이 들려왔어
  뜻없이 무릎 꿇는 그 복종 아니오
  운명에 맡겨 사는 그 생활 아니라
  우리의 믿음 치솟아 독수리 날 듯이
  주 뜻이 이뤄지이다 외치며 사나니.

  약한 자 힘 주시고 강한 자 바르게
  추한 자 정케 함이 주님의 뜻이라
  해 아래 압박 있는 곳 주 거기 계셔서
  그 팔로 막아주시어 정의가 사나니.

길게 늘어뜨린 제의자락에
죄짐 같은 슬픔이 흔들리고 있었지
고향땅의 부모님이 가물거렸어
건초덤불처럼 가죽만 남으신 채
논두렁에 엎드리신 칠순의 아버지,

한 장의 전보에도 새하얗게 질리시는
육순의 어머니가 걸어오고 계셨어
애닯게 애닯게 손을 젓고 계셨어
그것은 오후 세시였어
고난주간 수유리의 오후 세시,
우리는 제단 앞에 무릎 꿇었지
사납게 포효하는 수유리의 바람도
우리의 실성한 젊음도
한 트럭분의 안개를 마신 뒤
빈 깡통으로 고요하였지
몇마리의 공룡이
유리창 밖에서 게임을 신청하자, 히야
독수리 날 듯한 합창이 시작되고 말았어

  * 어원은 예수가 몸으로 탄생하심을 의미하는 화육(Incarnation)에서
   따온 것으로 '화육제'는 한신대 축제 이름.

<1983년, 시인>

위기의 여자

여성사연구 6

여자식으로 바둑판을 놨다가
남자식으로 수를 두는 날들이 있었다
여자식으로 씨를 뿌렸다가
남자식으로 추수하는 날들이 있었다
여자식으로 뿌리를 내렸다가

남자식으로 꽃피는 날들이 있었다
남자식으로 또 여자식으로
커다란 대문에는 빗장을 지르고
담장을 넘어가는 가지를 잘랐다
이 온전한 평화
이 온전한 행복
그러나 어느 날
여자식으로 사랑을 꿈꾸며
남자식으로 살아가는 날들이
우아한 중년의 식탁 위에
검고 무서운 예감을 엎질렀다
어둡고 불길한 예감 속에는
산발한 유령들이 만찬을 즐기고
사랑의 과일들이 무덤으로 누워
피묻은 달을 하관하고 있었다
먼데서 어른대는 황혼의 그림자
적막 속에 흔들리는 지상의 척도……

왜, 왜 사느냐고 메아리치는 강변에
여자 홀로 바라보는 배가 뜨고 있었다

<1987년, 또 하나의 문화>

김 광 규

靈　山

내 어렸을 적 고향에는 신비로운 산이 하나 있었다.
아무도 올라가본 적이 없는 靈山이었다.

靈山은 낮에 보이지 않았다.
산허리까지 잠긴 짙은 안개와 그 위를 덮은 구름으로 하여 靈山은 어렴풋이 그 있는 곳만을 짐작할 수 있을 뿐이었다.

靈山은 밤에도 잘 보이지 않았다.
구름 없이 맑은 밤하늘 달빛 속에 또는 별빛 속에 거무스레 그 모습을 나타내는 수도 있지만 그 모양이 어떠하며 높이가 얼마나 되는지는 알 수 없었다.

내 마음를 떠나지 않는 靈山이 불현듯 보고 싶어 고속버스를 타고 고향에 내려갔더니 이상하게도 靈山은 온데 간데 없어지고 이미 낯설은 마을 사람들에게 물어보니 그런 산은 이곳에 없다고 한다.

<1975년, 문학과지성>

어린 게의 죽음

어미를 따라 잡힌
어린 게 한 마리

큰 게들이 새끼줄에 묶여
거품을 뿜으며 헛발질할 때
게장수의 구럭을 빠져나와
옆으로 옆으로 아스팔트를 기어간다
개펄에서 숨바꼭질하던 시절
바다의 자유는 어디 있을까
눈을 세워 사방을 두리번거리다
달려오는 군용 트럭에 깔려
길바닥에 터져 죽는다

먼지 속에 썩어가는 어린 게의 시체
아무도 보지 않는 찬란한 빛

<1978년, 뿌리깊은 나무>

희미한 옛사랑의 그림자

4·19가 나던 해 세밑
우리는 오후 다섯시에 만나
반갑게 악수를 나누고
불도 없이 차가운 방에 앉아
하얀 입김 뿜으며
열띤 토론을 벌였다
어리석게도 우리는 무엇인가를
정치와는 전혀 관계없는 무엇인가를
위해서 살리라 믿었던 것이다
결론 없는 모임을 끝낸 밤
혜화동 로우터리에서 대포를 마시며
사랑과 아르바이트와 병역 문제 때문에
우리는 때묻지 않은 고민을 했고
아무도 귀기울이지 않는 노래를
누구도 흉내낼 수 없는 노래를
저마다 목청껏 불렀다
돈을 받지 않고 부르는 노래는
겨울밤 하늘로 올라가
별똥별이 되어 떨어졌다
그로부터 18년 오랜만에
우리는 모두 무엇인가 되어

혁명이 두려운 기성 세대가 되어
넥타이를 매고 다시 모였다
회비를 만 원씩 걷고
처자식들의 안부를 나누고
월급이 얼마인가 서로 물었다
치솟는 물가를 걱정하며
즐겁게 세상을 개탄하고
익숙하게 목소리를 낮추어
떠도는 이야기를 주고받았다
모두가 살기 위해 살고 있었다
아무도 이젠 노래를 부르지 않았다
적잖은 술과 비싼 안주를 남긴 채
우리는 달라진 전화번호를 적고 헤어졌다
몇이서는 포우커를 하러 갔고
몇이서는 춤을 추러 갔고
몇이서는 허전하게 동숭동길을 걸었다
돌돌 말은 달력을 소중하게 옆에 끼고
오랜 방황 끝에 되돌아온 곳
우리의 옛사랑이 피 흘린 곳에
낯선 건물들 수상하게 들어섰고
플라타너스 가로수들은 여전히 제자리에 서서
아직도 남아 있는 몇 개의 마른잎 흔들며
우리의 고개를 떨구게 했다
부끄럽지 않은가
부끄럽지 않은가
바람의 속삭임 귓전으로 흘리며
우리는 짐짓 중년기의 건강을 이야기했고

또 한발짝 깊숙이 늪으로 발을 옮겼다

<1979년, 창작과비평>

송 수 권

山門에 기대어

누이야
가을산 그리메에 빠진 눈썹 두어 낱을
지금도 살아서 보는가
淨淨한 눈물 돌로 눌러 죽이고
그 눈물 끝을 따라가면
즈믄밤의 강이 일어서던 것을
그 강물 깊이깊이 가라앉은 고뇌의 말씀들
돌로 살아서 반짝여오던 것을
더러는 물 속에서 튀는 물고기같이
살아오던 것을
그리고 山茶花 한 가지 꺾어 스스럼없이
건네이던 것을

누이야 지금도 살아서 보는가
가을산 그리메에 빠져 떠돌던, 그 눈썹 두어 낱을 기러기가
강물에 부리고 가는 것을
내 한 잔은 마시고 한 잔은 비워두고
더러는 잎새에 살아서 튀는 물방울같이
그렇게 만나는 것을

누이야 아는가
가을산 그리메에 빠져 떠돌던
눈썹 두어 날이
지금 이 못물 속에 비쳐옴을

<1975년, 문학사상>

智異山 뻐꾹새

여러 산봉우리에 여러 마리의 뻐꾸기가
울음 울어
떼로 울음 울어
석 석 삼년도 봄을 더 넘겨서야
나는 길뜬 설움에 맛이 들고
그것이 실상은 한 마리의 뻐꾹새임을
알아냈다.

智異山下
한 봉우리에 숨은 실제의 뻐꾹새가
한 울음을 토해내면
뒷산 봉우리 받아 넘기고
또 뒷산 봉우리 받아 넘기고
그래서 여러 마리의 뻐꾹새로 울음 우는 것을
알았다.

智異山中
저 連連한 산봉우리들이 다 울고 나서
오래 남은 추스림 끝에
비로소 한 소리 없는 江이 열리는 것을 보았다.

섬진강 섬진강
그 힘센 물줄기가
하동 쪽 남해를 흘러들어
南海群島의 여러 작은 섬을 밀어 올리는 것을 보았다.

봄 하룻날 그 눈물 다 슬리어서
智異山下에서 울던 한 마리 뻐꾹새 울음이
이승의 서러운 맨 마지막 빛깔로 남아
이 細石 철쭉꽃밭을 다 태우는 것을 보았다.

<1975년, 월간문학>

임 홍 재

山　役

아버지는 한세상
남의 송장이나 주무르기만 할 것인가.
진눈깨비 흩날리는 황토 마루에
정성들여 광중이나 짓고
외로운 혼이나 잠재울 것인가.
마지막 다문 입에 동전 하나 물리고
칠성판 바로 뉜 후
종내는 한줌 흙이 되고 말 시체 위에
흙을 뿌리고 눈물을 뿌리며
오오호 달구 오오호 달구
輓歌만 부를 것인가.
피통 터져 농약 먹고 죽은 농부야
삼베올 구멍마다 맺힌 눈물을
기러기가 쓸고 가는데
이 땅에 진정 데불고 갈 만한 것이 있더냐.
농부는 죽을 때 피를 토하고
色身고운 씨앗을 뿌리고 간다는데
부황이 나도 토사가 나도
아버지는 신들린 사람처럼 山役만 할 것인가.

밤마다 술에 취해
북망산 먼 줄 알았더니
방문 밖이 북망이라
황천수가 먼 줄 알았더니
앞 냇물이 황천술세
울음 섞인 가락을 토해내며
北邙山 누우런 황토를 수북히 털어놓는데
품팔러 간 어머니는 왜 오지 않는가.
황토 마루에 진눈깨비 내리고
어지럽게 어지럽게 도깨비불만 오르는데
아 아버지의 輓歌는 언제 끝날 것인가.

<1977년, 한국문학>

藤나무 아래서

스스로 오랏줄을 매고 앉아
푸르른 燈을 밝히는 등나무를 보면
할아버지 생각이 난다.
가막소(監獄署) 뒤뜰에서
주리 틀려 죽은 우리 할아버지.
남들은 세상 돌아가는 대로
잘도 돌아가지만
옹이 많은 조선 소나무같이
지조를 지키던 할아버지가 끌려가던 날

종갓집 대들보가 내려앉고
산마다 맥이 끊겨
산천이 소리없이 울더니,
북새통에도 왜놈에게 아부 잘하여
놀아나던 놈들.
족보를 숨기고 이름을 바꿔
名門大家 노릇을 하며
북새질치던 놈들이 좋아하던 날
저렇게 파란 藤꽃이 폈던가.
밸이 꼴려 구역질이 나도
뒤틀린 몸을 안으로 사리고
저렇게 燈을 밝힘은
할아버지 마지막 母音이
피보다 진한 때문인가
파란 藤꽃이 핀다.

<1980년, 시전집『청보리의 노래』>

하 종 오

참나무가 대나무에게

네가 꼿꼿이 서서 흔들리는 땅에
나는 바람 잠재우며 버틴다.
너는 휘어지지 않고 휘어지지 않고 꺾여서 바치고
나는 쪼개져 쪼개져 불로 타서 바치는
우리 목숨 더 깊은 목숨 어느 나무가 바치겠는가.
숯이 되지 않는 너에게 숯이 되는 내가
불이여 불이여 노여워 소리칠 수 있다면
칼이 되지 못하는 나에게 죽창이 되는 네가
죽음이여 죽음이여 노여워 소리칠 수 있다면
죽어서 불타는 숲은 누구인가.
너는 분노하여 곧은 몸을 세우고 있지만
그러나 나는 슬픔 밑으로 뿌리를 내린다.
다만 한라산에서 백두산까지
서로가 서로에게 엉키며 뿌리뻗어서
아름다운 우리나라 산맥을 이루고 싶다.

<1979년, 창작과비평>

벼는 벼끼리 피는 피끼리

우리야 우리끼리 하는 말로
태어나면서도 넓디넓은
평야 이루기 위해 태어났제
아무데서나 푸릇푸릇 하늘로 잎 돋아내고
아무데서나 버려져도 흙에 뿌리박았는기라
먼 곳으로 흐르던 물줄기도 찾아보고
날뛰던 송장메뚜기 잠재우기도 하고
농부들이 흘린 땀을 거름삼기도 하면서
우리야 살기는 함께 살았제
오뉴월 하루볕이 무섭게 익어서
처음으로 서로 안고 부끄러워 고개 숙였는기라
우리야 우리 마음대로 할 것 같으면
총알받이 땅 지뢰밭에 알알이 씨앗으로 묻혔다가
터지면 흩어져 이쪽 저쪽 움돋아
우리나라 평야 이루며 살고 싶었제
우리야 참말로 참말로
갈라설 수 없어 이땅에서 흔들리고 있는기라

<1980년, 반시>

청량리 역전

하나씩 켜놓은 간데라 불빛들이
서로의 얼굴을 밝혀주는 동안은
서울에 살려고 우리는 말이 없다
불빛에 띄워 보내는 우리 눈빛들이
땅 끝까지 못 가고 여기에 다시 모여
가난에 겨운 저녁을 지키는데
바람 빠진 타이어 녹슨 리어카
성냥갑 속에 숨어 있는 뜨거움과
고향이 각기 다른 과일들을 늘어놓고
서러운 인생은 언제까지 서러운가
제 먹을 것은 다 타고 난다지만
털어봐야 먼지뿐인 팔자들
바람 찬 지방행 완행열차 떠나면
언 발을 동동 굴리며 주머니를 뒤져
꽁초 꼬나물고 간데라 불을 댕긴다
흐린 담배 불빛이 점점이 모여서
서울 하늘 별빛 대신 시려올 때
하룻밤 더펄머리 흔드는 창녀들이
남몰래 별을 안고 치는 눈웃음으로
우리는 추위 속에서도 온몸이 단다
그럼 이제부터야 한몸 눕힐 곳 없어도

청량리 역전 낯설은 상경자들에게
간데라 불빛 한줄기씩 나눠주며
꺼지지 않는 목숨으로 막판까지 온 우리는
장한몽도 꿈이니 눈뜨고 꿈꾸며
서울에 살려고 간데라 불을 돋운다

<1981년, 시집 『벼는 벼끼리 피는 피끼리』>

이 상 국

襁을 바라보며

동학말 보천교군 할아버진
솔밭으로 대숲으로 바람되어 다니시고
할머니는 별빛만 달빛만 바라보셨습니다.

큰아버님 구름에 섞여 먼 북간도에 가시고
징용 나간 숙부님 재가 되어 솔밭으로 오셔도
할머닌 빨래만 하셨습니다.
무명을 바래듯
할머니 사랑은 희고 희어서
강물에 빨래만 하셨습니다.

소지 사루듯
소지를 사루듯
푸른 기와집 난리통에 연기로 올리고
울안팎 하늘 땅만 지키시다가
먼산 그림자 지고 날 저물면 머리만 곱게 빗으시다가
할머닌 오동나무장의 옹이무늬 되셨습니다.

<1984년, 현대문학>

이 영 진

6·25와 참외씨

알다시피 태어난 지 스물다섯하고 일개월째
순수 국산 토종인 나에겐
전쟁이 없다.
언제나 이맘때쯤이면 그러하듯이
올해는 유난히 전우야 시체가
잘도 잘도 넘고 넘는다만
지금도 광주 넘어 고개 넘어 민방공사이렌 소리 넘어
잘도 잘도 전진한다만
레코드여, 빗나간 축음기 바늘이여, 나에겐
죽음이 없다.
(백마고지, 태극기, 육탄돌격, 빨치산,
인천 상륙작전, 1·4후퇴……)
그럴 듯이 그럴 듯이 상상력을 자극한다만
빈 껍데기, 목을 찢는 멸공 웅변대회가 귓가마다 쟁쟁하다만
나에겐 죽창이 없다.
오늘도 참외는 노랗게 익어 내 혀를 달콤하게 녹여줄 뿐
태극기 밑에서, 1,000cc 생맥주만 시원한
오줌 줄기를 만들고 있을 뿐
웬지 여느날의 공휴일과 같이 허망한 시간이 비어 있을 뿐

TV여 라디오여 사이렌이여 국립묘지 혼령들이여
그대들과 합작한 사기꾼 모리배여 6·25의 쓰리꾼이여
오늘 내 귓가의 모든 소리여
나에게 강요하지 말라.
죽음이란 그렇게 간단히 상표가 되는 것이 아니다.
따는 놈도 잃는 놈도 다 망하고 마는 노름판
그 노름판의 따라지 망통으로 날 유혹하지 말라.
난 의무교육 시절부터 깡통 필통의 연필심에 침을 발라가며
……전방에 계신 국군장병 아저씨께……
숱하게 숱하게 위문편지 방학숙제를 하다가
어느덧 그 먼 나라와 같이 멀기만 한 전방에서
끊임없이 날아드는 위문편지를 받아보기도 한
모범사병 출신인 나에게
30년에 가깝도록 그 죽음과 그 전쟁을 배워보려고 노력한 나에게
더이상 강요하지 말라.
내 뼈를 빌고 살을 빌고 칠성님전 혼을 빌은
삼신할메 토방마루여
살구꽃 환히 밟던 동네어귀, 어릴 적 아기자기 고운 꿈이여
어린 당숙과 삼촌을 때려잡은 한 서린 땅이라면
그대들의 심장에서 일어난 예리한 죽창이었다면
나에게 그대 슬픔과 분노를 강요하지 말라.
나는 죽은 내 애비가 슬프지 않다.
나는 죽은 내 피의 할애비가 억울할 뿐
오직 한가닥 깊은 슬픔이 있다면
이 슬픔도 기쁨도 없이 잘도 목구멍을 넘어가는
참외씨가 있을 뿐
그 참혹함이 있을 뿐

슬픔없이 자라난 슬픈 심장이 여기 있을 뿐이다.

<1981년, 5월시 동인지>

김 명 수

檢 車 員

칠흑같이 어두운 밤
화차들이 정거한 역구내 선로 사이로
늙은 검차원 하나
침착하게 날카로운 망치를 들고 차바퀴를 두드리며 지나간다

디젤엔진의 고동은 꿈처럼 울리고
검게 빛나는 석탄차의 석탄은
밤중의 고요를 지켜보는데

반짝거리는 것은 다만
그 사람의 간데라 불빛 하나

有蓋車 속에 숨죽인 쥐 한마리
홀로 눈떠 인기척을 넘보고
차가운 금속성의 망치소리가
'탱——' 하고 차륜을 울려
대륙을 횡단하는 긴 철로로 멀어져갈 때

천길 땅속에 잠자던 쇠붙이의 원음을

칠흑같이 어두운 밤
늙은 검차원 하나
낡아빠진 **修車譜**에 적어넣는다

<1980년, 세계의 문학>

탈 상

슬픔을 벗으려
베옷을 벗는다

人畜이 잠들고
모닥불이 사윈다

못다 탄 뼈 추스려
깊이 묻을 때
새벽별 한점 홀로
눈물 머금고
비로소 **人家**도 형체가 드러난다

동네 아낙 눈물로 지은 베옷을
찬물에 머리 감고 함께 벗으며
눈물을 그치거라 !
목멘 형제들아

버들은 물이 올라
강가에 푸르르고
들판에는 기심도 자라오른다

풀피리 강둑에서 불어준다고
강물은 잔잔하게 흘러가랴만

가을걷이 기다리는
어린아이들이
혼곤히 한방에서 잠들고 있다

<1982년, 반시>

찔레 열매

12월달 어느 날
싸락눈이 내린 오후
어린 아들 함께 산에 오르다가
얼음 덮인 골짜기에
빨간 열매를 보았네

황량한 골짜기에
풀잎들은 서걱이고
마른 나뭇가지들도 정적에 싸였는데
긴 겨울 잎 떨어진 찔레덩쿨 위에

서리에도 안 떨어진
그 열매가 눈부셨네

이제 겨울 깊어
흰 눈 쌓이면
모이 없는 멧새들이 와서 따먹으리

인적 없는 골짜기
빨간 그 열매
모이 없는 꿩들에게 모이가 되리

때로는 눈물짓던 내 영혼아
네 바램 어디에 두고 있느냐

어느 날 내가 죽어
깊은 겨울 오면
인적 없는 골짜기 모이라도 되랴

긴긴 겨울 잎 떨어진 찔레덩쿨 위에
서리에도 안 떨어진
그 열매가 눈부셨네

<1985년, 불교사상>

낙동강 4

제삿날 밤

할아버지 제사가 들던 날 밤은
차가운 동짓달 열엿새 밤이었다.
은함재를 넘어오는 싸늘한 밤바람에
문풍지가 울어대던 겨울날 밤이었다.
지방을 써 붙이고 향불을 피워도
아버지는 그 밤에도 오지 않았다.
할머니는 몇번이나 삽짝 밖을 기웃대도
멀리서 아득히 개만 짖었다.
제관도 없이 제사를 지낸 밤은
새벽도 좀체 오지 않았다.

<1988년, 경향신문>

박 몽 구

목포 앞바다

진종일 소소리가 동백 숲에 울고
여자들은 세멘바닥에 붙어서 굴을 깐다
흑산도 남방에서는 조깃배 몇 척이 뒤집혀
미망인들의 벗어던진 신발들이 선창에 굴러다니고
공판장의 어물시세는 여전히 싸구나 싸구나
희고 곧게 내리꽂힌 햇볕은
우리들의 등에서 타고
성낸 바다가 해파리를 까 뒤집더니
여자들의 앙가슴마저 끝내 뒤집고
많은 설움을 퍼내는구나 퍼내는구나
뱃놈들의 죽음을 딛고 펄펄 뛰는 어물은
싸게싸게 객지로 팔려 나간다만
벌겋게 탄 논바닥에 작물을 꽂아도 꽂아도
시퍼런 바다에 한목숨 내놓아도
한칸 방 얻어들기도 힘들구나
어제와 조금도 다를 것 없는 오늘
선주놈은 냉동공장 뒤에 또 택시회사를 차리고
폐수처리장 뒤에서는 질식한 죽음들이 연일 뜬다
온 산에 들판에 일어서는 친구들은

그날부터 하나가 맞아죽으면
열이서 쉬지 않고 벌떼같이 일어서는구나
그날부터 저 속을 뒤집는 비린내의 대가에
누구도 손댈 수 없고
해파리를 뒤집고 뱃놈들의 목을 비틀며
성낸 바다를
우리들은 견고한 제방이 되어 거역하는구나

<1983년, 신동아>

교동도에 가서

서울 하늘을 벗어난 지 시간 반이 될까 말까에
이렇듯 다른 세상이 펼쳐질 수 있을까
진초록 보리밭을 품에 안은 시냇물 그림 같고
강화도 끝 창후리 포구에서 똑딱선으로 20분 건너
교동도 월선포에는 새하얀 속살의
왕골 내음이 술기운처럼 번져 있었다
초여름 산들바람 가죽나무에 걸려
끝없는 색실처럼 풀리고
가지런한 못자리마다 때묻지 않은 목청을 뽑는
개구리들에게서 눈을 뗄 줄 모르는 내게
시집살이 이십년에 밭고랑 같은 주름살을 일렁거리며
주모는 들판이 이쁠수록 사람살이는 고달프다고 웃었다
하루 몇번 창후리 뭍으로 닿는 뱃길이 끊어지면

급한 병일 때는 그 자리에서 떠메여 나가야 했던
설움도 옛말이듯 마을 안까지 처녀 의사 선생이 들어오고
아이들은 개피떡은 거들떠보지도 않은 채
서울 부잣집 아이들과 똑같은 과자를 깨물지만
도대체 세상은 얼마나 바뀌었단 말인가
주모는 섬 끝으로 가 건너다보면
물길 한뼘 너머에 바로 양부모 묻힌 북녘 고향이건만
젯밥 한번 올리지 못한다고 눈시울이 마르지 않았다
문득 돈으로는 못 살 자연을 나 혼자 갖는 게 아까워
사진기를 들자 어디서 달려왔는지
순박한 사람들을 헤치고 나온 검은 손 하나가
와락 나꿔채 가버렸다
접적지역의 노을이 서울보다 몇배 아름답게 펼쳐졌다

<1987년, 한국문학>

박 운 식

골방에서

내가 자는 골방에는 볍씨도 있고
고구마 들깨 고추 팥 콩 녹두 등이
방구석에 어지러이 쌓여 있다
어떤 것은 가마니에 독에 있는 것도 있고
조롱박에 넣어서 매달아놓은 것도 있다
저녁에 눈을 감고 누우면
그들의 숨소리가 들리고
그들의 말소리가 방안 가득 떠돌아다니고
그들이 꿈꾸는 꿈의 빛깔들도 어른거리고 있다
나는 그런 씨앗들의 거짓 없는 속삭임들이 좋아서
꿈의 빛깔들이 너무 좋아서
씨앗들이 있는 침침한 골방에서
같이 잠도 자고 같이 꿈도 꾸고 하면서
또 다른 만남의 기쁨을 기다리고 있다.

<1982년, 충북문학>

이 성 복

1959년

그해 겨울이 지나고 여름이 시작되어도
봄은 오지 않았다 복숭아나무는
채 꽃피기 전에 아주 작은 열매를 맺고
不姙의 살구나무는 시들어갔다
소년들의 성기에는 까닭없이 고름이 흐르고
의사들은 아프리카까지 이민을 떠났다 우리는
유학 가는 친구들에게 술 한잔 얻어먹거나
이차대전 때 南洋으로 징용 간 삼촌에게서
뜻밖의 편지를 받기도 했다. 그러나 어떤
놀라움도 우리를 무기력과 불감증으로부터
불러내지 못했고 다만, 그 전해에 비해
약간 더 화려하게 절망적인 우리의 습관을
수식했을 뿐 아무것도 추억되지 않았다
어머니는 살아 있고 여동생은 발랄하지만
그들의 기쁨은 소리 없이 내 구둣발에 짓이겨
지거나 이미 파리채 밑에 으깨어져 있었고
春畵를 볼 때마다 부패한 채 떠올라왔다
그해 겨울이 지나고 여름이 시작되어도
우리는 봄이 아닌 윤리와 사이비 학설과
싸우고 있었다 오지 않는 봄이어야 했기에

우리는 보이지 않는 감옥으로 자진해 갔다

<1977년, 문학과지성>

금빛 거미 앞에서

오늘은 노는 날이에요, 어머니
오랫동안 저는 잠자지 못했어요
오랫동안 먹지 못했어요 울지 못했어요
어머니, 저희는 금빛 거미가 쳐놓은
그물에 갇힌 지 오래 됐어요
무서워요, 어머니
금빛 거미가 저희를 향해 다가와요
어머니, 무서워요
금빛 거미가 저희를 먹고
흰 실을 뽑을 거예요

<1986년, 시집 『남해 금산』>

남해 금산

한 여자 돌 속에 묻혀 있었네
그 여자 사랑에 나도 돌 속에 들어갔네

어느 여름 비 많이 오고
그 여자 울면서 돌 속에서 떠나갔네
떠나가는 그 여자 해와 달이 끌어주었네
남해 금산 푸른 하늘가에 나 혼자 있네
남해 금산 푸른 바닷물 속에 나 혼자 잠기네

<1986년, 시집 『남해 금산』>

샘가에서

어찌 당신을 스치는 일이 돌연이겠습니까
오랜 옛날 당신에게서 떠나온 후
어두운 곳을 헤매던 일이 저만의 추억이겠습니까
지금 당신은 저의 몸에 젖지 않으므로
저는 깨끗합니다 저의 깨끗함이 어찌
자랑이겠습니까 서러움의 깊은 골을 파며
저는 당신 가슴속을 흐르지만 당신은
모른 체하십니까 당신은 제게 흐르는 몸을
주시고 당신은 제게 흐르지 않는 중심입니다
저의 흐름이 멎으면 당신의 중심은 흐려지겠지요
어찌 당신을 원망하는 일이 사랑이겠습니까
이제 낱낱이 저에게 스미는 것들을 찾아
저는 어두워질 것입니다 홀로 빛날 당신의
중심을 위해 저는 오래 더럽혀질 것입니다

<1989년, 문학과사회>

최 승 호

大雪注意報

해일처럼 굽이치는 백색의 산들,
제설차 한대 올 리 없는
깊은 백색의 골짜기를 메우며
굵은 눈발은 휘몰아치고,
쬐그마한 숯덩이만한 게 짧은 날개를 파닥이며……
굴뚝새가 눈보라 속으로 날아간다.

길 잃은 등산객들 있을 듯
외딴 두메마을 길 끊어놓을 듯
은하수가 펑펑 쏟아져 날아오듯 덤벼드는 눈,
다투어 몰려오는 힘찬 눈보라의 군단,
눈보라가 내리는 백색의 계엄령.

쬐그마한 숯덩이만한 게 짧은 날개를 파닥이며……
날아온다 꺼칠한 굴뚝새가
서둘러 뒷간에 몸을 감춘다.
그 어디에 부리부리한 솔개라도 도사리고 있다는 것일까.

길 잃고 굶주리는 산짐승들 있을 듯

눈더미의 무게로 소나무 가지들이 부러질 듯
다투어 몰려오는 힘찬 눈보라의 군단,
때죽나무와 때 끓이는 외딴 집 굴뚝에
해일처럼 굽이치는 백색의 산과 골짜기에
눈보라가 내리는 백색의 계엄령.

<1982년, 세계의 문학>

시 궁 쥐

먹을 거라면 환장하는 새끼들에게
좀 쩝쩝댈 거라도 물어다 주자는 거겠지
아니면 배추잎이라도 장만해서
군색한 살림을 그럭저럭 꾸려나가자는 거겠지

부지런한 맞벌이 부부
시궁쥐 한쌍이 뭐 물어갈 게 있다고
가난한 백성들의 쓰레기통에
뭐 물어갈 게 있다고
눈치를 보아가며 부지런하게 들락거린다

쥐들도 제 새끼에게 젖을 물리나
콧수염을 기르고 털가죽 외투를 입고
피에 젖은 성생활까지 뻔질나게 하면서 사나
평생을 그런 짓거리나 되풀이하다가 죽나

좀 쩝쩝거릴 것만 떨어지지 않으면 되겠지
아무리 더러운 똥오줌 진창바닥이라도
제대로 숨도 못 쉬는 쥐구멍 속에서도 모가지만
모가지만 붙어 있으면 되겠지 시궁쥐들은
배가 고프면 서로 잡아먹어도 되겠지

<1982년, 세계의 문학>

자동판매기

오렌지 쥬스를 마신다는 게
커피가 쏟아지는 버튼을 눌러버렸다
습관의 무서움이다

무서운 습관이 나를 끌고다닌다
최면술사 같은 습관이
몽유병자 같은 나를
습관 또 습관의 안개나라로 끌고다닌다

정신 좀 차려야지
고정관념으로 굳어가는 머리의
자욱한 안개를 걷으며
자, 차린다, 이제 나는 뜻밖의 커피를 마시며

돈만 넣으면 눈에 불을 켜고 작동하는

자동판매기를

매춘부라 불러도 되겠다

황금교회라 불러도 되겠다

이 자동판매기의 돈을 긁는 포주는 누구일까 만약

그대가 돈의 권능을 이미 알고 있다면

그대는 돈만 넣으면 된다

그러면 매음의 자동판매기가

한 컵의 사카린 같은 쾌락을 주고

십자가를 세운 자동판매기는

신의 오렌지 쥬스를 줄 것인가

<1985년, 시집 『고슴도치의 마을』>

문 익 환

꿈을 비는 마음

개똥 같은 내일이야
꿈 아닌들 안 오리오마는
조개 속 보드라운 살 바늘에 찔린 듯한
상처에서 저도 몰래 남도 몰래 자라는
진주 같은 꿈으로 잉태된 내일이야
꿈 아니곤 오는 법이 없다네.

그러니 벗들이여!
보름달이 뜨거든 정화수 한대접 떠놓고
진주 같은 꿈 한자리 점지해줍시사고
천지신명께 빌지 않으려나!

벗들이여!
이런 꿈은 어떻겠소?
155마일 휴전선을
해뜨는 동해바다 쪽으로 거슬러 오르다가 오르다가
푸른 바다가 굽어보이는 산정에 다달아
국군의 피로 뒤범벅이 되었던 북녘 땅 한 삽
공산군의 살이 썩은 남녘 땅 한 삽씩 떠서

합장을 지내는 꿈,
그 무덤은 우리 5천만 겨레의 순례지가 되겠지.
그 앞에서 눈물을 글썽이다보면
사팔뜨기가 된 우리의 눈들이 제대로 돌아
산이 산으로, 내가 내로, 하늘이 하늘로,
나무가 나무로, 새가 새로, 짐승이 짐승으로,
사람이 사람으로 제대로 보이는
어처구니없는 꿈 말이외다.

그도 아니면
이런 꿈은 어떻겠소?
철들고 셈들었다는 것들은 다 죽고
동남동녀들만 남았다가
쌍쌍이 그 앞에 가서 화촉을 올리고
── 그렇지 거기는 박달나무가 서 있어야죠 ──
그 박달나무 아래서 뜨겁게들 사랑하는 꿈, 그리고는
동해바다에서 치솟는 용이 품에 와서 안기는 태몽을 얻어
딸을 낳고
아침 햇살을 타고 날아오는
황금빛 수리에 덮치는 꿈을 꾸고
아들을 낳는
어처구니없는 꿈 말이외다.

그도 아니면
이런 꿈은 어떻겠소?
그 무덤 앞에서 샘이 솟아
서해바다로 서해바다로 흐르면서

휴전선 원시림이
압록강 두만강을 넘어 만주로 펼쳐지고
한려수도를 건너뛰어 제주도까지 뻗는 꿈,
그리고 우리 모두
짐승이 되어 산과 들을 뛰노는 꿈,
새가 되어 신나게 하늘을 나는 꿈,
물고기가 되어 펄떡펄떡 뛰며 강과 바다를 누비는
어처구니없는 꿈 말이외다.

"비나이다. 비나이다.
천지신명님 비나이다.
밝고 싱싱한 꿈 한자리,
평화롭고 자유로운 꿈 한자리,
부디부디 점지해 주사이다."

<1978년, 시집 『꿈을 비는 마음』>

잠꼬대 아닌 잠꼬대

난 올해 안으로 평양으로 갈 거야
기어코 가고 말 거야 이건
잠꼬대가 아니라고 농담이 아니라고
이건 진담이라고

누가 시인이 아니랄까봐서

터무니없는 상상력을 또 펼치는 거야
천만에 그게 아니라구 나는
이 1989년이 가기 전에 진짜 갈 거라고
가기로 결심했다구
시작이 반이라는 속담 있지 않아
모란봉에 올라 대동강 흐르는 물에
가슴 적실 생각을 해보라고
거리 거리를 거닐면서 오가는 사람 손을 잡고
손바닥 온기로 회포를 푸는 거지
얼어붙었던 마음 풀어버리는 거지
난 그들을 괴뢰라고 부르지 않을 거야
그렇다고 인민이라고 부를 생각도 없어
동무라는 좋은 우리말 있지 않아
동무라고 부르면서 열살 스무살 때로
돌아가는 거지

아 얼마나 좋을까
그땐 일본 제국주의 사슬에서 벗어나려고
이천만이 한마음이었거든
한마음
그래 그 한마음으로
우리 선조들은 당나라 백만대군을 물리쳤잖아

아 그 한마음으로
칠천만이 한겨레라는 걸 확인할 참이라고
오가는 눈길에서 화끈하는 숨결에서 말이야
아마도 서로 부둥켜안고 평양 거리를 딩굴겠지

사십사년이나 억울하게도 서로 눈을 흘기며
부끄럽게도 부끄럽게도 서로 찔러 죽이면서
괴뢰니 주구니 하며 원수가 되어 대립하던
사상이니 이념이니 제도니 하던 신주단지들을
부수어버리면서 말이야

뱃속 편한 소리하고 있구만
누가 자넬 평양에 가게 한대
국가보안법이 아직도 시퍼렇게 살아 있다구

객쩍은 소리 하지 말라구
난 지금 역사 이야기를 하고 있는 거야
역사를 말하는 게 아니라 산다는 것 말이야
된다는 일 하라는 일을 순순히 하고는
충성을 맹세하고 목을 내대고 수행하고는
훈장이나 타는 일인 줄 아는가
아니라고 그게 아니라구
역사를 산다는 건 말이야
밤을 낮으로 낮을 밤으로 뒤바꾸는 일이라구
하늘을 땅으로 땅을 하늘로 뒤엎는 일이라구
맨발로 바위를 걷어차 무너뜨리고
그 속에 묻히는 일이라고
넋만은 살아 자유의 깃발로 드높이
나부끼는 일이라고
벽을 문이라고 지르고 나가야 하는
이땅에서 오늘 역사를 산다는 건 말이야
온몸으로 분단을 거부하는 일이라고

휴전선은 없다고 소리치는 일이라고
서울역이나 부산, 광주역에 가서
평양 가는 기차표를 내놓으라고
주장하는 일이라고

이 양반 머리가 좀 돌았구만

그래 난 머리가 돌았다 돌아도 한참 돌았다
머리가 돌지 않고 역사를 사는 일이
있다고 생각하나
이 머리가 말짱한 것들아
평양 가는 표를 팔지 않겠음 그만두라고

난 걸어서라도 갈 테니까
임진강을 헤엄쳐서라도 갈 테니까
그러다가 총에라도 맞아 죽는 날이면
그야 하는 수 없지
구름처럼 바람처럼 넋으로 가는 거지

<1989년, 시집 『두 하늘 한 하늘』>

고 형 렬

大靑峰 수박밭

청봉이 어디인지. 눈이 펑펑 소청봉에 내리면 이 여름밤
나와 함께 가야 돼. 상상을 알고 있지
저 큰 산이 대청봉이지.
큼직큼직한 꿈같은 수박
알지. 와선대 비선대 귀면암 뒷길로
다시 양폭으로, 음산한 천불동
삭정이 뼈처럼 죽어 있던 골짜기를 지나서
그렇게 가면 되는 거야. 너는 길을 알고 있어
아무도 찾지 못해서 지난 주엔 모두 바다로 떠났다고 하더군
애인이라도 있었더라면, 그나 나나 행복했을 것이다.

너는 놀라지 않겠지. 누가 저 산꼭대기에
수박을 가꾸겠어.
그러나 선들거리는 청봉 수박밭에 가면 얼마나 큰 만족 같은
짓으로 劫 속에
하룻밤을 지내고 돌아와서
사는 거야. 별 거겠니 겨울 최고봉의 추위를 느끼면서
걸어. 서릿발 친, 대청봉 수박밭을 걸어.
그 붉은 속살을 마실 수 있겠지.

어느 쑥돌 널린 들판에 앉듯, 대청봉
바다 옆에서 모자를 벗으면 가죽구두를 너도 벗어놓고 시원해서
원시 말이야, 그 싱싱한 생명 말이야
상상력을 건든다.
하늘에서 들리는 파도소리로
삼경까진 오겠지 기다리지 못하면 시인과 동고할 수 없겠고
그게 백두산과 닮았다고 하면 그만큼 이해할 수 없고
그래서 맨발로 눈이 새하얗게 덮인, 아니지, 달빛에 비친 흰
이슬을 밟으며
나는 청봉으로 떠난다.

독재로 너의 손목을 잡고
나는 굴복시켜야 돼 너는 사랑할 줄 아니.
한 가마 옥수수를 찌는 여인의 밤
그 밤만 가지고, 너와 나 우리 모두 노래할 수 있는가
가구를 두고 청봉 수박 마시러 나와 간다, 세상은 다 내 책임
이었냐는 듯이 가기로 했다.

이 '대청봉 수박밭' 속에 생각이 있다고 털어놓건
비유인지 노래인지, 그것이 표명인지
거짓 같지 않은 뜬소문 때문에
나는 언제고 올 테니까.
대청봉에서 너와 가슴을 내놓고
여행을 왔노라며, 기막힌 수박인데 하고 뭐라고 할까.

설악산 대청봉 수박밭!

생각이 떠오르지 않다니
그것이 공산 아니면 얼음처럼 녹고 있는 별빛에 섞여서 바람이
불고, 수박 같은 달이다. 아니다
수박만한 눈송이가 펑펑 쏟아지면
상상이다 아니다
할 수 있을까.

<1981년, 현대문학>

사리원 길

한적한 사리원 길을 걸어간다 풀벌레들이 즐겁게 울고
주인 없는 사과나무 가지 사이에서
사과가 발갛게도
잎 부럽지 않게 붉었다
한 이민이 벙거지를 어색하게 눌러쓰고 내 앞을 가로질러 들판
으로 들어가고
그때부터 내 죄없는 귀에는
까실한 벼이삭 소리가 들려왔다
먼지 한점 없는 사리원 길
나는 사리원 길을 걸어가고 있다 언제부턴가
내가 사리원 한적한 길을 걸어가고 있었다
가는 발목 덩치 큰 소의 배 밑으로
이름 알 수 없는 산줄기를 보다가
나는 너무나도 자유스럽게, 고향의 빛을 닮아간다

날고 싶다 아니 날고 싶지 않다
나는 이 지상서 그냥 살고 싶다
나는 인제 어떻게 살 것인가 나는 어떻게 살 것인가를
어떠한 장애도 없이 걸으면서
가을 공기 속에서 생각하였다
어떻게 인제 어떻게 나와 세상을 사랑해주어야 할까
젊은날을 어려웁게 살아가는 벗들아
나는 사리원 길을 너무 일찍
걸어가고 있나보다
이 깨끗하고 하늘과 산천이 맑은 사리원 길을
사리원 길을

<1985년, 80년대 민족시인 신작선 1>

거진 생각

날이 맑고 성깔난 바다날씨는 사나왔다
설핏설핏한 눈이 산 밭에 떨어져
먼 북쪽 마을이 보인다 배도 보인다
명태비늘 묻은 남자가 구멍난 담길을 걸어
시장으로 들어가서
어판장으로 나간다
시커먼 눈물의 길바닥에 거진 아이는 엎어져
얼굴을 들고, 출항하는 아버지를
젊은 엄마는 보낸다

눈물이 떨어지는 아이는 온통 얼음덩어리
옷도 장갑도 흙탕이 묻었다
대검 찬 소위가 그것을 흔들흔들 하면서
앞을 지나간다
죽어 시커멓게 마른 명태들이 탁탁 부딪치고
공중에는 발이 없는 갈매기가 난다
어선을 지키는 경비정 한 척이
시퍼런 높은 바다에서 들어와 덕장 앞에 숨고
속초를 떠난 안개의 어린 소위
살찐 개구리 뒷다리가 보일 때
쾌속정 하나로 넓은 바다가 부풀어
터져버릴 것처럼 동해는 캄캄해진다
요는 요격기만한 쾌속정 하나로

<1986년, 시힘>

김 혜 순

딸을 낳던 날의 기억

판소리 사설조로

거울을 열고 들어가니
거울 안에 어머니가 앉아 계시고
거울을 열고 다시 들어가니
그 거울 안에 외할머니 앉으셨고
외할머니 앉은 거울을 밀고 문턱을 넘으니
거울 안에 외증조할머니 웃고 계시고
외증조할머니 웃으시던 입술 안으로 고개를 들이미니
그 거울 안에 나보다 젊으신 외고조할머니
돌아 앉으셨고
그 거울을 열고 들어가니
또 들어가니
또 다시 들어가니
점점점 어두워지는 거울 속에
모든 웃대조 어머니들 앉으셨는데
그 모든 어머니들이 나를 향해
엄마엄마 부르며 혹은 중얼거리며
입을 오물거려 젖을 달라고 외치며 달겨드는데
젖은 안 나오고 누군가 자꾸 창자에

바람을 넣고
내 배는 풍선보다
더 커져서 바다 위로
이리 둥실 저리 둥실 불리워 다니고
거울 속은 넓고넓어
지푸라기 하나 안 잡히고
번개가 가끔 내 몸 속을 지나가고
바닷속에 자맥질해 들어갈 때마다
바다 밑 땅 위에선 모든 어머니들의
신발이 한가로이 녹고 있는데
청천벽력.
정전. 암흑천지.
순간 모든 거울들 내 앞으로 한꺼번에 쏟아지며
깨어지며 한 어머니를 토해내니
흰 옷 입은 사람 여럿이 장갑 낀 손으로
거울 조각들을 치우며 피묻고 눈감은
모든 내 어머니들의 어머니
조그만 어머니를 들어올리며
말하길 손가락이 열 개 달린 공주요!

<1985년, 우리세대의 문학>

박 남 철

어 머 니

1

어머니에게서 전화가 왔다
어머니의 목소리는 떨리고 있었다
나는 밤새도록 잠을 못 자고 있었다 어머니의
떨리는 목소리에 우선 가슴부터 철렁했다

재홍이는…… 거기 갔드나……

웬일이세요, 이렇게 아침 일찍?
응…… 내가 니인테 머 부탁할 일이 하나 있아가……
동생은 첫휴가를 나왔었다 그가 귀대하는 날 아침
나는 3만원을 주자는 아내에게 단호히 2만원만 줘서 보내라 했다

아버지는 잘 계시고요? 응…… 인자 논에 나가셨다……
아버지는 대구 공사장에서 내려오신 거로 게군
우린 논을 다 팔았다 시골집은 저당 잡혀 있고

웬일이세요, 말씀해 보시라니까요, 통화료 올라가요……

아버님이 아무 일 없으시다면 우선 걱정은 어머닌데
이렇게 전화를 하시는 걸 보니 무슨 갑작스러운 노릇은 아닌
듯하고

어머니와 나는 지지난 달에 똑같이 한양대 신경정신과엘
들렀다 나는 신경쇠약이고 어머니는 나보다도 더 심하시다
조금만 움직이셔도 픽 쓰러지시고 가슴은 마구 둥당거리신단다

야야…… 내가 이거 자식한테 처음 하는 말인데……

어머니는 순간 목이 콱 막혀오셨다 돈이 얼마쯤 필요해가……
나도 순간 목이 콱 막혀왔다 어 얼마가 필요하세요, 어무
이……
나는 순간 눈물이 핑 돌았다 한 9마넌, 아니 아니, 딱 7마넌만
하모 되겠구나……

나는 더욱 눈물이 핑 돌았다 어머니의 가슴 두근거리는 소리가
마구 들려오는 듯했다
예에, 그걸 뭐 그렇게 어렵게 얘기하세요 아무 걱정 마세요
어무이……

지난번 소아마비의 누이동생이 결혼할 때도 나는 한푼의 부조
도 못 했었다 나는 그 누이를 미워하고 있었다, 아니 사랑하고
있었다, 아니 미워하고 있었다

그 누이는 그날 그 점촌의 예식장에서 90만원의 현금과 라이카
카메라 한 대를 잃어먹었었지 자기가 나온 전문대학의 교수님이

주례를 서실 동안 신부대기실에서는 그 돈과 물건이 증발하고 있었던 것 그리고 그 외제 카메라는 남에게서 빌려왔던 것

그런데 어디다 쓰실 건데요…… 어머니의 목소리는 좀 풀려왔다

응, 야야, 모심기를 할라카이 당최 현금이 있아야제…… 요새는 일손이 귀해가 논뚝에서 딱딱 돈 안 주모 일 안 해준다……

그까짓 농사 지아가 뭐해요! 나는 아니 그는 갑자기 고함을 버럭 질렀다

성대 정치과엘 다니다 군대에 간——그는 장학생이었다——동생에 의하면 우리는 우리가 판 논의 소작을 하고 있었다 그리고 외갓집 돈 240만원과 또 무슨 돈 170만원 때문에 어머니는 거의 매일 울고 계셨고

야야…… 아무리 그래도 농사꾼이 농사 짓다가 농사 안 지으모…… 어머니의 목소리는 다시 감기기 시작하셨다

나는 다시 눈시울이 뜨끔하여 예, 예, 알았어요, 알았어요, 오늘 당장 보내 드릴게요, 통화료 올라가이 빨리 끊으세요, 어무이 건강 조심하시소……

오야…… 내 걱정은 마래이……

니 몸조심하고 어쩌고 하며 계속되는 걸 나는 수화기를 딸칵 놓아버렸다

내 울화가 치미는, 흐느껴지는 목소리를 어머니가 너무 오래 들으셔서는 안되니까

어느 틈에 아내가 깨었던지 눈물이 흐르는 내 눈을 둥그렇게 쳐다보다가, 남산만한 배를 들먹거리며 팔뚝을 마구 함부로 쳐들며, 10만원 보내자, 10만원…… 하며……

2

지난번 선거에서 아버지는 민정당의 박⊠석씨를 어머니는 서⊠열씨를 그리고 동생들 셋은 모두 최⊠환씨를 —— 최⊠환씨는 성대 출신이다 —— 찍었다 한다

그러면 이 잠실의 강동구에서 나와 나의 情婦인 나의 아내는 과연 그 누구를 찍었었던가

글쎄 그건 나도 잘 모르겠다
나는 죽어도 의회주의자니까 ——

<1985년, 24인 신작시집 『앵무새의 혀』>

이 윤 택

S. F 영화

경호대장 MJ
하루 두 번 두개골을 연다
상오 6시 생뇌 집어내고 마이크로 컴퓨터 착용
하오 6시 민머리 작크 열고 생뇌 복귀 즐거운 귀가
그는 20년 근속 공로로 몇 개의 영예를 수여받는다.
10년 개근기념 성불구 진단서 수령
15년 프로레슬러와 야간경기중인 아내의 실전목격
행운은 계속된다
보복법에 의거 직접 사살 자격증 획득
그러나, 20년, 어느날, 갑자기
정전, 생뇌 수면장치 제어불능
삐이삐, 잠들자, 오버
아티반 나오라, 사리돈 어디 있나
종근당제약 문 닫았다, 끝

경호대장 MJ
졸음과 치열한 접전

그날 황제의 기자회견은 유난히 길었다

전자총 차고 배경으로 선 MJ 시신경 슬금슬금 풀어지면서
정전, 마이크로 컴퓨터 사령실 작동 멈춤
장롱 속에 묻어둔 생뇌 저주파 날쌔게 잠입
MJ는 총을 뽑는다
3초 만에 열두 발 털어버린다
황제의 시신 툭 차 밀어내고 푹신한 권좌에 몸을 묻는다
잠들 수 있는 자유를 위하여
역사는 발 밑에 부복하라

<1984년, 열린시 동인지>

참 卒

내가 때아닌 안개 속에서 책을 잃고 안경알을 부수고
눈물 줄줄 흘리며 헤매었을 때
너는 어디에서 무엇을?
차단된 창살 아래서 원산폭격을 당할 때
한탄강 저 너머 적막강산 기슭에서 보초를 서고 있을 때
친구여, 너는 어디에서 무엇을……

하루 삼백육십 통쯤 주민등록초본 떼어주고
집집 찾아다니며 문패도 달아주고
(동서기 하는 일 무어 대수로운 게 있겠니?)
동대신동 산복도로 백팔십 계단 오르며 내리며
월급 13만 6천 4십 원 금톨같이 챙겨서
폐 앓는 어머니 육모초 사고 개고기 국물도 장만하고

수도물 받으러 산동네 아낙들 행렬 속에 끼여들면서
그래도 새벽 통신강좌는 꼬박 들으며
참, 쭈같이

<1986년, 시집 『춤꾼 이야기』>

최 승 자

해남 대흥사에서

은지의 엄마 아빠에게,
이 시를 은지의 태몽꿈으로
읽기 바라며

깊은 밤 강물은 바다로 흘러들고
우리의 손은 사랑하는 사람의 손을 찾는다.
우리 몸 속에서 오래 잠자던 물살이
문득 깨어나 흐르고

비가 오리라
바다 건너서
그대의 땅을 적시며.

산사의 계곡
하늘의 빈 술잔엔
서푸른 취기의 바람이 일렁이고
지금 어느 산맥 뒤에서
두 연인의 손이 만난다.

<1981년, 시집 『이 시대의 사랑』>

누군지 모를 너를 위하여

내가 깊이 깊이 잠들었을 때,
나의 문을 가만히 두드려주렴.

내가 꿈속에서 돌아누울 때,
내 가슴을 말없이 쓰다듬어주렴.

그리고서 발가락부터 하나씩
나의 잠든 세포들을 깨워주렴.

그러면 나 일어나
네게 가르쳐 줄게.
어째서 사교의 절차에선 허무의 냄새가 나는지,
어째서 문명의 사원 안엔 어두운 피의 회랑이 굽이치고 있는지
어째서 외곬의 금욕 속엔 쾌락이
도사리고 있는지,
나의 뿌리, 죽음으로부터 올라온
관능의 수액으로 너를 감싸 적시며
나 일어나
네게 가르쳐 줄게.

<1984년, 시집 『즐거운 일기』>

이천년대가 시작되기 전에

이천년대가 시작되기 전에
나는 결혼에 성공할지도 모르고
나는 삶에 성공할지도 모르고
그보다는 죽음에 성공할지도 모르고

나는 나를 모르고
무지한 돌멩이처럼 채이면 채이는 대로
잠시 굴러갈 뿐, 굴러가다 멈출 뿐.
이 후반전 인생은
맥도 긴장도 없이,
그러나 얼마나 두려운가,
속살 밑의 속살이 속살 위의 속살이 모르게
저 혼자 울부짖는.

진저리를 치며
그러나 들키지 않으려 애쓰며
미끄러져간다. 이 후반기 인생길을.

이 미끄러짐 끝에 확인이 있을까.
삶의 확인 아니면 죽음의 확인이
소인처럼 분명하게 찍혀질까.

어느 먼 하늘 혹은 地上의 카운터에서
마지막 셈을 시작하려 하는
저 거대한 손은 누구의 것일까.

<1989년, 시집 『기억의 집』>

제 3 부

김정환
박태일
최두석
황지우
곽재구
김사인
나종영
박영근
안도현
김용택
나해철
윤재철
박노해
고광헌
고재종
김해화
도종환
백무산
이은봉
장정일
강형철
기형도

■ 해 설

1980년대의 시인과 시

이 　동 　순

해방후 우리 사회는 일제 식민통치의 잔재들을 말끔히 씻어내지 못하고 말 그대로 격동의 세월을 펼쳐왔다. 권력을 장악한 역대의 지배자들은 부도덕한 통치방법이나 원리를 고스란히 제국주의자들로부터 물려받아 민중을 억압하기에 여념이 없었고, 민중들은 해방 이전과 조금도 진배없는 모진 핍박의 시간을 겪어야 했다. 4·19정신을 압살하고 등장한 군부정권의 마지막 단말마적 현상들을 배경으로 부마민중항쟁(1979)이 있었고, 10·26정변도 이에 병존하였다.

70년대 이래로 줄기차게 전개되어온 민주와 독재 간의 대립, 미국 및 매판세력을 겨냥한 민중의 자각과 싸움은 군부의 하수인과 계승자들로 하여금 그들의 존립에 위기를 느끼게 했으니 12·12사태의 핵심은 바로 이 점과 직결된다 하겠다. 반민족·반민주·반민중 세력에 대한 보다 강고한 인식이 민중들에게 심어지고, 변혁주체로서의 민중이 점차 역사의 표면에 떠오르게 되자, 외세에 대한 방어적 인식도 아울러 정비되기 시작하였으니 80년 5월 광주민중항쟁은 80년대 우리 사회의 역사적 성격을 규정하는 가장 중요하고도 상징적인 의미를 지닌다.

이른바 '피의 오월'로 불릴 만큼 민중의 요구를 잔인하게 진압하고 권력을 틀어쥔 신군부세력들은 비상계엄선포, 언론통폐합, 노동관계법 개악, 노조탄압, 민주인사들에 대한 각종 비열한 탄압과 고문, 테

러 등 오히려 지난 시기 일제보다 더욱 잔학한 수법으로 그들의 무단
적 통치를 강화해나갔으니, 민중들은 실로 해방후 35년 만에 또다시
'암흑기'라는 우울하고 음침한 용어와 맞닥뜨리지 않으면 안될 욕된
운명에 처하게 되었던 것이다. 해방 전에 겪었던 고난이야 차라리
'왜(倭)'라는 이민족의 흉포한 방망이에 시달린 기간이었지만 해방
후 수십년 동안, 특히 1980년대의 벽두에 겪은 피의 참극은 진정 동
족이라 칭할 수 없는 자들이 휘두른 무도한 총검이었다. 어이없이 도
륙당한 그 처절함과 아픈 상처를 역사는 과연 어떻게 설명해갈 것인
가. 이 모두가 진작에 청산했어야 할 일제잔재를 청산하지 못해서 빚
어진 일이기에 우리들 자신도 이에 대한 책임을 등골이 서늘하도록
엄중히 자문해야만 한다.

민주정부수립 기회를 도척에 의해 탈취당하고, 덤으로 어처구니없
는 춘사(椿事)까지 겪은 민중들은 사태의 본질을 뒤늦게나마 깨닫고
민족·민주·민중 운동의 격렬한 싸움판으로 뛰어들게 된다. 이에 대
하여 잔악한 지배자들은 무차별적인 탄압으로 대응했으니, 그야말로
"숨이 붙어서 살아 있는 것이지, 내가 살아가는 것이 진정 사람이 살
아가는 삶이 아니"던 일제말 어느 지식인의 고백과 조금도 다름없는
수치스런 시기였다.

무참히 깨뜨려지고 짓밟힌 민주조직은 83년 후반기부터 차츰 그 역
량을 복구하고 재정비를 시작하였으니, 86년을 전후하여 격렬히 전개
된 민주화투쟁은 가히 이의 결집으로 피워낸 꽃이라 하겠다. 하여간
80년대로 접어들어 민중이 겪은 역사적 경험은 한국사회의 변동 중에
서 가장 획기적이고 급격한 변화의 경험이라 할 만한 것으로 상하 양
층의 계급적 대결에서 하층의 분명한 자극을 이끌어내는 계기가 되었
고, 역사의 주체에 대한 확고한 인식을 가지는 기회가 되었던 것이
다. 삶에 대한 뜨거운 열정은 보다 강화되었으며, 모든 틀에 박힌 사
고방식과 관습화된 인식체계를 근본적으로 각성하게 된 중요한 시기
였다.

가장 기본적인 표현욕구마저 검열·통제당하는 시대에서 문학은 어

떤 대응을 보였던 것인가. 각종 정기간행물이 폐간되고, 출판물들이
빈틈없이 조절되는 상황에서 소설은 위축되고 상대적으로 시의 발표
가 팽창하는 현상이 생겨났다. 흔히들 80년대를 '시의 시대'라고 일
컫는 것은 단순히 소설의 침체로 말미암은 결과로 보기보다는 채광석
의 지적처럼 능동적인 문화전략개념으로 이해하는 것이 마땅하다. 당
시 사회현실에서 문학이 해낼 수 있는 최대의 항변역할은 길로 큰 형
식의 소설보다 짧고 긴절한 서정을 농축한 시의 형식이 훨씬 유효적
절하다는 문학인들의 심사숙고와 냉철한 판단에 의한 것이었다. 70년
대 후반의 『반시』『자유시』『목요시』 등의 동인지가 표방한 정신을
발전적으로 계승하면서 결성된 『오월시』『시와 경제』『삶의 문학』
『분단시대』 등의 앤쏠로지 운동은 80년대의 시대상황을 적극적으로
수용하는 한편 능동적인 문화전략개념에 충실한 그들의 성격과 문학
적 지향을 유감없이 발휘했다. 일종의 부정기간행물인 무크 형식의
출판물과 르뽀문학의 융성도 이러한 문화전략개념의 한 차원으로 이
해될 수 있겠다.

　이와같은 현실을 배경으로 80년대 시의 전반적인 흐름을 볼 때 우
선 민중시, 노동시, 통일지향시, 농촌시, 부조리한 교육현실을 다룬
해직교사 시인들의 시, 억압받는 여성문제를 다룬 여성시 등을 함께
아우르는 민족시의 계열이 정신적인 주류를 형성하고 있다. 또 한편
으로는 사상과 이데올로기를 극단적으로 부정하며 소위 문학의 자율
성을 옹호한다는 유파들도 생겨났으니, 그들은 주로 경직된 정서, 화
석화된 관념이 그 특징인 후기산업사회의 삶의 제 양상을 극복하겠다
는 기치를 내걸고 주로 모든 문법체계의 통사성을 해체시키는 형식실
험에 골몰하였다. 그러나 그들 중의 상당수는 일찍이 30년대의 이
상·이시우·신백수 등 '3·4문학' 그룹이 진작 실험한 바 있었던 '강
력한 해사성(解辭性)의 밀어붙이기' 수준에서 크게 진전된 세계를 이
룩하지 못하였다. 그밖에 해방 이전부터 역사와 현실을 초탈(?)하고
줄곧 예술성 일변도로 지속되어오던 순수서정시의 계열이 있었고, 공
전의 대히트로 파격적인 밀리언 셀러의 대중적 명성을 휘감은 대중적

연시 계열들이 속출한 것도 이 시기 문단의 한 특징이라면 특징이다.

　시작품에 비쳐진 80년대의 빛깔은 대체로 어둡고 우울한 색조이며, 기상은 밤낮없이 오리무중의 안개가 자욱이 끼어 있는 상황이었으니, 다음의 시를 다시금 읽어볼 때 우리는 새삼스럽게 깊은 인상을 받는다.

　　아침저녁으로 샛강에 자욱이 안개가 낀다.
　　　(…)
　　이 읍에 처음 와본 사람은 누구나
　　거대한 안개의 강을 거쳐야 한다.
　　앞서간 일행들이 천천히 지워질 때까지
　　쓸쓸한 가축들처럼 그들은
　　그 긴 방죽 위에 서 있어야 한다.
　　문득 저 홀로 안개의 빈 구멍 속에
　　갇혀 있음을 느끼고 경악할 때까지
　　　(…)
　　안개는 그 읍의 명물이다.
　　　　　　　　　　　　　　── 기형도, 「안개」 부분

　이 작품에서 기형도는 '80년대'라는 시대상황의 분위기를 슬픈 수묵화의 색조로 매우 적절히 그려내고 있다. '일제히 하늘을 향해 젖은 총신(銃身)을 겨누고 있는 공장의 검은 굴뚝들' 하며, 샛강을 요지부동으로 가득 채우고 있는 '안개의 군단(軍團)' 따위는 당시의 정치현실과 개체적 삶의 주변을 직핍하게 도려내어 보여주는 자못 명징한 시적 장치이자 소도구들이다.

　김정환의 「철길」도 이와 유사한 계열의 작품으로 손꼽을 수 있는 바, 압제자가 민중에게 가했던 억압과 이로 말미암은 과부하 현실을 비교적 구체적으로 그린 작품이다.

철길이 철길로 버텨온 것은
그 위를 밟고 지나간 사람들의
희망이, 그만큼 어깨를 짓누르는
답답한 것이었다는 뜻이다.

　　　　　　　　── 김정환, 「철길」 부분

　기형도의 '안개', 김정환의 '철길' 이미지는 곽재구의 시에서 오지 않는 막차를 기다리는 '기다림'의 이미지로 변용되어 나타난다. "내 면 깊숙이 할 말들은 가득해도/청색의 손바닥을 불빛 속에 던져두 고/모두들 아무 말도 하지 않"는 그 한없는 기다림, 애타는 기다림, 넋을 놓고 맹목적으로 하염없이 기다리는 그 비감한 정서는 오히려 수천년을 중첩해온 역사적 슬픔과 직결되는 울음의 정서를 내포하고 있는지도 모른다. 곽재구의 「전장포 아리랑」은 이 정서를 지속적으로 담아내고 있다. 김사인의 시 「주왕산에서」가 슬쩍 보여주는 기다림도 어쩌면 80년대식 기다림의 적절한 표상이 아닌가 한다.

바지랑대도 닿지 않는 아슬한 꼭대기
혼자 남아 지키는 감처럼
닥쳐올 그 어느 시간의 예감을 지키며
기다려야 한다면
나는 이 맑음 속에 어떤 자세로 앉아야 하리

　　　　　　　　── 김사인, 「주왕산에서」 부분

　이러한 계열보다 다소 구체적인 현실의 비극성, 즉 외세와 분단에 의한 참상을 보여주는 시들이 남파공작원들의 처참한 생애를 한없이 굴러떨어지거나 모진 발에 밟혀죽는 달팽이의 목숨에 견주어서 비유 한 최두석의 「달팽이」, 굴뚝새 이미지로 표현된 고광헌의 「검문소를 지나 출근하면서」, 이국종 들소 이미지에 비견된 윤재철의 「아메리카 들소」, 강형철의 「아메리카 타운 7」 등이다. 대체로 차분한 음미와 오랜 관조의 과정에서 성취된 세계들이다.

풍자와 냉소와 파격성을 주무기로 구사하는 황지우의 시 「徐伐, 셔블, 셔블, 서울, SEOUL」은 소외된 노동, 고도화된 자본의 논리, 의식의 사물화, 지배이데올로기의 탄력성 있는 억압체계 등을 특징으로 하는 후기산업사회에서 인간의 타락과 가치붕괴, 지리멸렬한 삶, 또는 그것을 감싸고 있는 극도의 불안의식을 매우 코믹하게 그려내고 있다. 그의 시 「새들도 세상을 뜨는구나」 역시 80년이라는 더할나위 없이 통제된 사회에서 자유로운 해방을 꿈꾸는 사람들의 무력함과 현실적 삶의 불가항력적인 한계를 보여주는 인상적인 작품이다.

위의 시인들이 한 시대의 전반적인 국면을 분위기나 음영으로 그리고 있다면 박노해·박영근·백무산·김해화 등의 노동시가 담아내는 세계란 가히 충격적이고 가슴 찢는 듯한 고통의 현실을 곧바로 독자들의 눈앞에, 혹은 심장 저 깊은 곳까지 서늘하게 전달해주는 가장 구체적인 시작품들이다.

> 투쟁이 깊어갈수록 실천 속에서
> 나는 저들의 찌꺼기를 배설해낸다
> ── 박노해, 「이불을 꿰매면서」 부분

> 두드리는 공장문마다 울음만 남고, 이미 지워져버린 이름들 위로
> 무심히 눈은 쌓이고
> 아무도 우리를 부르지 않았다.
> ── 박영근, 「새벽길 2」 부분

> 피가 도는 밥을 먹으리라
> 펄펄 살아 튀는 밥을 먹으리라
> 먹은 대로 깨끗이 목숨 위해 쓰이고
> 먹은 대로 깨끗이 힘이 되는 밥
> 쓰일 데로 쓰인 힘은 다시 밥이 되리라

　　살아 있는 노동의 밥이

　　　　　　　　—— 백무산, 「노동의 밥」 부분

　　공사가 끝나고 나면
　　시뻘겋게 녹이 슬어 공사장 한 구석에 파묻혀버리거나
　　운좋으면 고물상으로 팔려가는
　　철근 기레빠시들
　　우리 철근일하는 노가다들도
　　기레빠시 신세와 다를 게 뭐냐?

　　　　　　　　—— 김해화, 「늙은 철근쟁이의 죽음」 부분

　70년대 후반부터 체험수기, 혹은 생활작문의 유형으로 서서히 제출
되기 시작한 노동자의 목소리가 드디어 80년대에 이르러 이처럼 노동
자계급을 역사의 주체로 등장시키려는 노력, 노동조합과 노동운동의
총체적인 과정, 긴장감과 구체성이 더욱 높아진 세계를 그려내는 일
에 성공하고 있는 것이다. 특히 박노해의 시는 투쟁의 상징적 차원에
만족하지 않고 전형화의 차원으로까지 발전시키고 있는 주목할 만한
성과를 이룩했다.

　노동시에 비해서 농민시는 80년대를 통틀어 이렇다할 결실을 이룩
하진 못했다. 그러나 민요·설화·비나리 등의 전통적 구비문학의 잠
재력을 현대시에 접목시키는 일에 성공을 거두고 있는 김용택의 연작
시 「섬진강」 시편들은 우리의 각별한 관심을 집중시키기에 충분하다.
「섬진강 24」와 같은 형식의 실험은 앞으로도 다각적인 측면에서 검토
의 대상이 될 만하다. 고재종의 「설움에 대하여」에서 묘사된 '한때는
번성했을 녹슨 가마솥'의 이미지는 만신창이로 황폐해진 80년대 농촌
의 참담한 붕괴상과 그 과정을 그대로 보여주는 하나의 시적 상징물
에 다름아니다.

　　그 한솥밥 삶던 검은 가마솥

시방은 새암가에 나앉아
말간 뜨물이나 받고 빗물이나 받고
밤이면 그 위에 별빛이나 띄우는
그 녹슨 가마솥

————고재종, 「설움에 대하여」 부분

80년대 중후반으로 접어들며 극도로 경직된 사회의 분위기에 지치고 시달린 대중들의 감각을 센티멘탈한 정서의 늪으로 함몰시켜 중추적 자아를 걷잡을 수 없이 뒤혼든 대중적 연시풍의 시작품들이 출현하기 시작했거니와 그들 가운데의 대다수는 독자들의 말초적·찰나적 감정에 눈치를 살피는 경박한 작품들이었다. 이 계열에서 도종환의 경우는 대중성과 민중적 예술성, 현실감각을 적절히 조화시킴으로써 자칫 위기로 빠져들 수 있는 자신을 훌륭히 극복해간 두드러진 시인이었다. 사실 우리는 「접시꽃 당신」 계열보다도 「지금 비록 너희들 곁을 떠나지만」과 같은 교육시 계열에서 한층 그의 독특한 세계를 구축하는 창조적 열정을 발견하게 된다.

기형도, 장정일 등의 시작품은 소위 해체시 그룹들, 나아가서는 포스트모던한 분위기에 심취하는 시인들에 의해 맹목적인 추앙을 받고 있으나, 이 두 시인들이 현실을 해석하는 창작의 능력과 거기에 기초한 별항의 정신을 그들은 옳게 눈여겨보지 못하고 있는 것이다. (일찍이 김수영 문학에 대한 해석의 오류들도 이와 유사한 것이었다.)

아무튼 '80년대'라는 깊고 길며, 자욱하게 안개낀 우울한 터널 속에서 어느 요절시인은 일제말 윤동주처럼 '별'을 자신의 삶 속으로 일치시키지 못한 채 "안개 깊은 이 밤 별은 아득타"라고 절규하며 외롭게 침몰해갔다. 그러나 절대 다수의 시인들은 차분히, 혹은 역동적으로 자신의 삶을 정리하며 다가올 불안한 시간에 대한 응전력을 키워왔다.

90년대로 접어들고서도 여전히 안개는 걷히지 않는다. 그러나 해는 이미 중천에 떠 있고, 요지부동일 것 같던 '안개의 군단'도 차츰 물러나게 될 것임을 우리는 믿는다.

민족시의 발전적 기틀과 역량은 신문학 초창기 이래로 1980년대에 이르기까지 근 일백년 동안 온갖 우여곡절을 겪으며 축적될 만큼 축적되어왔다. 이미 80년대의 시에서 우리는 새롭게 번뜩이는 도약의 징후를 여럿 보아왔다. 그런 까닭으로 시의 장래에 대하여 우리는 섣불리 절망할 필요도 없으며, 그렇다고 또 낙관만 해서도 아니될 것이다.

김 정 환

철   길

철길이 철길인 것은
만날 수 없음이
당장은, 이리도 끈질기다는 뜻이다.
단단한 무쇳덩어리가 이만큼 견뎌오도록
비는 항상 촉촉히 내려
철길의 들끓어오름을 적셔주었다.
무너져내리지 못하고
철길이 철길로 버텨온 것은
그 위를 밟고 지나간 사람들의
희망이, 그만큼 어깨를 짓누르는
답답한 것이었다는 뜻이다.
철길이 나서, 사람들이 어디론가 찾아나서기 시작한 것은 아니다.
내리깔려진 버팀목으로, 양편으로 갈라져
남해안까지, 휴전선까지 달려가는 철길은
다시 끼리끼리 갈라져
한강교를 건너면서
인천 방면으로, 그리고 수원 방면으로 떠난다.
아직 플랫포옴에 머문 내 발길 앞에서
철길은 희망이 항상 그랬던 것처럼

224

끈질기고, 길고
거무튀튀하다.
철길이 철길인 것은
길고 긴 먼 날 후 어드메쯤에서
다시 만날 수 있으리라는 희망을
우리가 아직 내팽개치지 못했다는 뜻이다.
어느 때 어느 곳에서나
길이 이토록 머나먼 것은
그 이전의, 떠남이
그토록 절실했다는 뜻이다.
만남은 길보다 먼저 준비되고 있었다.
아직 떠나지 못한 내 발목에까지 다가와
어느새 철길은
가슴에 여러 갈래의 채찍자욱이 된다.

<1981년, 마당>

비 노 래

하필이면
하필이면 이런 날 비가 와서
나는 저 비인 개천에 당장
붉덩물 흘러 넘치는 것 봅니다
비에 씻겨지면서 바라봅니다
홍수의 넘치는 사랑 속에서

아우성과 이름모를 울부짖음과
인파의 아비규환 속에서
거품의 이빨과, 회오리 바람과 소용돌이가 씻겨져 내리고
그날 그 우레 같던 함성소리가
씻겨져 내리는 소리 들립니다
말하시오 무엇이 우리를
죽어 피 토하며 배앝은
한떨기 꽃이 되게 합니까
그리고 누가 이렇게 늦은 4월에 살아남아
살아남은 한떨기 꽃을 바치게 합니까
무덤 앞에 꽃을 드리는 여인의 머리카락이 비에 젖습니다
이런 날 다시 내리는 비는
이젠 적셔줄 것입니다 우리의 가난과
투명한 아픔과
희망의 뿌리를
젖은 생선같이 싱싱한
우리네 삶의 뿌리
흐느끼지 마시오
눈물은 더 이상 아무도 잠재워주지 못합니다

<1985년, 시집 『회복기』>

용 산 역

"베드로야, 어서 잡아먹어라"…
"절대로 안됩니다, 주님. 저는
일찌기 속된 것이나 더러운 것은
한번도 입에 대어본 적이 없습니
다"…"하느님께서 깨끗하게 만
드신 것을 속되다고 하지 말라"
── 10장 13절~15절

이 희뿌연 안개 속을
겁없이 찾아왔다 초라한 상경보따리 흘러간 유행가 찾아올 사
람 아무도 없어 보이고
얼굴 없는 여인들 아무렇게나 겨드랑이를 잡는 용산역
겁없이 찾아왔다 얼굴 없는 여인을 위해 안개는 갈수록 짙어가고
이제 안개가 깜깜한 밤으로 바뀌면
도시는 그 음흉한 빛으로 화장 짙은 얼굴을 가릴 것이다
아아 겁없이 찾아왔다 더러움을 위하여
생계를 위하여 안개는 짙게 깔리고 목이 터져라 외쳐부를 것도
없이
뿌리치고 떠나는 기차의 경적소리 남은 마음들만 덜컹여
호남선 대합실에 염천교 밑에 살아 꿈틀대는 목숨
누더기만 남은 목숨이 뿌리째 뽑혀 찬바람에 흩날려댄다
목숨의 안개, 필연의 안개 속을
겁없이 찾아왔다 떠남이 필연적이듯이

만남도 필연적이라던, 용산역에서는

몸팔음도 필연적이라던

충남이, 이 바닥 에끼마 색씨장사 시장바닥을 휘젓고 다니다

왔다

5년만 지나면 나도 출감한다던 충남이 그도

나오자마자 이 바닥 내팽개치고 떠난 것일까

아니면 초라히 떠나는 자들 그도 서러워

개찰구 앞에서 버스정거장 앞에서 여인네들 그리움 솟구칠 때

마침내 마침내 그 얼굴 표정이 살아날 때

충남이는 마침내 그들이 되어

감옥보다 더 비좁은 방에서 화투를 치며

겁도 없이 찾아온 내 가슴

이리도 이리도 후리치는 것일까

걷잡을 수 없이 아아 물밀듯 덮쳐오는 것일까

<1984년, 시집 『황색예수전 2』>

박 태 일

점   골

바람재 너머 첨골
쇠부리터 옛적 불무질 소리
저녁마다 검은 먼지 생철수레가 바람재를 넘어갔다
돌아오지 않았다 첫 아이를 밴 옥녀
귀밥 엷은 남편은 돌아오지 않았다
옥녀, 텃밭 구르던 막사발

초겨울 눈발이 두문드문 바람재를 내려설 때
옥녀 가랑잎 밑에서 두근거렸다.

<1989년, 시집 『가을 악견산』>

최 두 석

우렁 색시

나의 선조는 최치원이 아니고
차라리 우렁이라 할까
끊임없이 생수 솟구치는 둠벙
둠벙에 깊이 잠겨 사는
주먹만한 우렁이라 할까

세상에서 가장 순박하고 억센
총각이 짓는 논을 골라
풍년 나락이 넘실대는 논고랑을 기어나와
'이 농사 거두어 누구랑 먹고 살지' 하는
총각의 혼잣말에 응수한
목소리 해맑은 우렁이라고나 할까
총각이 주머니에 넣어다가
부엌 물동이에 담가 두었더니
살며시 밥짓고 바느질한
우렁에서 나온 색시라 할까

어느날 들에 밥고리 이고 나갔다가
너무 예쁜 죄로 원님에게 들켜

우렁 색시는 원님의 첩이 되었지만
이미 농사꾼의 씨를 받아 아이를 낳으니
그 아이가 나의 선조라 할까

내 시 또한 최치원에게서
혹은 그를 추종한 천년 문학 전통에서
별로 배운 바 없으니
내 시의 뿌리도 차라리 우렁 색시라 할까
언제부터인지는 알 수 없지만
입에서 입으로 끈덕지게 전해 내려와
어린 날 누님의 목소리로 내 귀에까지 들어온
우렁 색시 이야기 같은 것이라 할까.

<1984년, 5월시 동인지>

채 석 강

층층의 바위 절벽이
십리 해안을 돌아나가고
칠산바다 파도쳐 일렁이는
채석강 너럭바위 위에서
칠십육년 전 이곳에 앉아 술잔을 기울이던
해산 전수용을 생각한다

산낙지 한마리에 소주를 비우며

생사로써 있고 없는 것도 아니요
성패로써 더하고 덜하는 것도 아니라던
당신의 자명했던 의리와
여기를 떠난 몇 달 후
꽃잎으로 스러진
당신의 단호했던 목숨을 생각한다

너무도 자명했기에 더욱 단호했던
당신의 싸움은
망해버린 국가에 대한 만가였던가
아니면 미래의 나라에 대한 예언이었던가
예언으로 가는 길은 문득 끊겨
험한 절벽을 이루고
당신의 의리도 결국 바닷속에
깊숙이 잠기고 말았던가

납탄과 천보총 몇 자루에 의지해
이곳 저곳 끈질긴 게릴라로 떠돌다가
우연히 뱃길로 들른 당신의 의병 부대가
잠시 그 아름다움에 취했던
비단 무늬 채석강 바위 위에서
웅얼거리는 거친 파도 소리 듣는다.

<1985년, 24인 신작시집 『앵무새의 혀』>

달 팽 이

임진강물이 역류해 들어오는 문산천, 초병의 총구가 무심히 햇빛에 빛나는 유월 어느 날, 기슭에 수양버들 한 그루, 그 아래 화강암 돌비 하나. 너무 한적해서 간혹 물거품을 터뜨리는 냇물속에 조용히 잠겨 있던 달팽이 무리, 그 달팽이 무리가 뻘흙 위로 상륙한다. 굼실굼실 기슭의 수양버들 밑둥으로 기어오른다. 제각기 등에 집을 진 채 동둑으로 뻗은 밋밋한 가지를 타고 달팽이의 느릿한 행렬이 이어진다. 마침내 가지 끝에서 온몸을 집 속에 감추고 굴러떨어진다. 한 마리 두 마리 세 마리…… 달팽이는 계속 눈을 감고 귀를 막고 코를 쥐고 떨어진다. 버들가지 속잎이 파르르 파르르 떨리는 그 아래 풀밭에 떨어진 놈은 다시 물을 찾아 굼실거리고 돌비 위로 떨어진 놈은 당장 깨져 죽는다. 달팽이의 시신이 널어 말려지는 돌비, 돌비에는 핏빛 글씨로 '간첩사살기념비'라 씌어 있다. 그때 초병이 걸어와 돌비 앞에서 거수경례를 붙이고 그의 군화 밑에는 굼실거리던 달팽이 몇 마리 깔려 있다.

<1988년, 문학사상>

황 지 우

徐伐, 셔블, 셔볼, 서울, SEOUL

張萬燮氏(34세, 普聖物産株式會社 종로 지점 근무)는 1983년 2월 24일 18:52 #26, 7, 8, 9……, 화신 앞 17번 좌석버스 정류장으로 걸어간다. 귀에 꽂은 산요 레시바는 엠비시에프엠 "빌보드 탑텐"이 잠시 쉬고, "중간에 전해드리는 말씀," 시엠을 그의 귀에 퍼붓기 시작한다.

　　쪼옥 빠라서 씨버주세요. 해태 봉봉 오렌지 쥬스 삼배권!
　　더욱 커졌씁니다. 롯데 아이스콘 배권임다!
　　뜨거운 가슴 타는 갈증 마시자 코카콜라!
　　오 머신는 남자 캐주얼 슈즈 만나줄까 빼빼로네 에스에스 패션!

보성물산주식회사 종로 지점 근무, 34세의 장만섭씨는 산요 레시바를 벗는다. 최근 그는 머리가 벗겨진다. 배가 나오고, 그리고 최근 그는 피혁 의류 수출부 차장이 되었다. 간밤에도 그는 외국 바이어들을 만났고, "그년"들을 대주고 그도 "그년들 중의 한 년"의 그것을 주물럭거리고 집으로 와서 또 아내의 그것을 더욱 힘차게, 더욱 전투적이고 더욱 야만적으로, 주물러주었다. 이것은 그의 수법이다. 이 수법을 보성물산주식회사 차장 장만섭씨

의 아내 김민자씨(31세, 주부, 강남구 반포동 주공아파트 11325
동 5502호)가 낌새챌 리 없지만, 혹은 챘으면서도 모른 체해주는
김민자씨의 한 수 위인 수법에 그의 그것이, 그가 즐겨 쓰는 말
로, "갸꾸로, 물린 것"인지도 모르지만, 그가 그의 아내의 배 위
에서, "그년"과 놀아난 "표"를 지우려 하면 할수록, 보성물산주
식회사 차장 장만섭씨는 영동의 룸쌀롱 "겨울바다"(제목이 참 고
상하지. 시적이야. 그지?)의 미스 친가 챈가 하는 "그년"을 더
욱더 실감으로 만지고 있는 것이다.

아저씨 아저씨 잇짜나요 내일 나제 아저씨 사무실 아프로 나갈
께 나 마신는 거 사줄래

커 죠티(보성물산주식회사 장만섭 차장은 '일간스포츠'의 고우
영만화에 대한 지독한 팬이다)

잇짜나요, 그리구,

어쩌구 저쩌구 해서 오늘 장만섭씨는 미스 친가 챈가 하는 여
자를 낮에 만났고, 대낮에 여관으로 갔다. 그리고 1983년 2월 24
일 19:08 #36, 7, 8, 9……, 그 장만섭씨는 화신 앞 17번 좌석버
스 정류장에 늘어선 열의 맨 끝에 서 있다. 1983년 2월 24일 19:
10 #51, 2, 3, 4…… 장만섭씨는 열의 중간쯤에 서 있다. 1983년
2월 24일 19:15 #27, 8, 9…… 先進祖國의 서울 시민들을 태운
17번 좌석버스는 안국동 방향으로 떠나고 장만섭씨는 그 열의 맨
앞에 서 있다. 그의 손에는 아들, 장일석(6세)과 딸, 장혜란(4
세)에게 줄 이·티 장난감이 들려져 있다. 보성물산주식회사 장
만섭 차장은 무료했다. 그는 거리에까지 들려나오는 전자오락실
의 우주전쟁놀이 굉음을 무심히 듣고 있다.

쑝쑝쑝쑝쑝쑝쑝쑝쑝쑝쑝쑝쑝쑝쑝쑝쑝쑝쑝
따리릭 따리릭 따리리리리리리릭
피웅피웅 피웅피웅 피웅피웅피웅피웅

꽝 ! ㄲㅗㅏㅇ !

PLEASE DEPOSIT COIN

AND TRY THIS GAME!

또르르르륵

그리고 또 다른 동전들과 바뀌어지는

송송과 피웅피웅과 꽝 !

　그리고 송송과 피웅피웅과 꽝 ! 을 바꾸어주는, 자물쇠 채워진 동전통의 주입구(이건 꼭 그것 같애, 끊임없이 넣고 싶다는 의미에서 말야)에서,

　그러나 정말로 갤러그 우주선들이 튀어나와, 보성물산주식회사 장만섭 차장이 서 있는 버스 정류장을 기총 소사하고, 그 옆의 신문대를 폭파하고, 불쌍한 아줌마 꽥 쓰러지고, 그 뒤의 고구마 튀김 청년은 끓는 기름 속에 머리를 처박고 피 흘리고, 종로 2가 지하철 입구의 戰警버스도 폭삭, 안국동 화방 유리창은 와장창, 방사능이 지하 다방 "88올림픽"의 계단으로 흘러내려가고, 화신 일대가 정전되고, 화염에 휩싸인 채 사람들은 아비규환, 혼비백산, 조계사 쪽으로, 종로예식장 쪽으로, 중소기업협동조합중앙회 쪽으로, 우미관 뒷골목 쪽으로, 보신각 쪽으로

　그러나 그 위로 다시 갤러그 3개 편대가 내려와 5천 메가톤급 고성능 핵미사일을 집중 투하, 집중 투하 !

짜　　자　　잔

GAME OVER

한다면,

<1981년, 시와 경제>

새들도 세상을 뜨는구나

映畵가 시작하기 전에 우리는
일제히 일어나 애국가를 경청한다
삼천리 화려 강산의
을숙도에서 일정한 群을 이루며
갈대숲을 이룩하는 흰 새떼들이
자기들끼리 끼룩거리면서
자기들끼리 낄낄대면서
일렬 이열 삼렬 횡대로 자기들의 세상을
이 세상에서 떼어 메고
이 세상 밖 어디론가 날아간다
우리도 우리들끼리
낄낄대면서
깔쭉대면서
우리의 대열을 이루며
한 세상 떼어 메고
이 세상 밖 어디론가 날아갔으면
하는데 대한 사람 대한으로
길이 보전하세로
각각 자기 자리에 앉는다
주저앉는다

<1981년, 월간중앙>

겨울―나무로부터 봄―나무에로

나무는 자기 몸으로
나무이다
자기 온몸으로 나무는 나무가 된다
자기 온몸으로 헐벗고 零下 十三度
零下 二十度 地上에
온몸을 뿌리박고 대가리 쳐들고
무방비의 裸木으로 서서
두 손 올리고 벌받는 자세로 서서
아 벌받은 몸으로, 벌받는 목숨으로 起立하여, 그러나
이게 아닌데 이게 아닌데
온 魂으로 애타면서 속으로 몸 속으로 불타면서
버티면서 거부하면서 零下에서
零上으로 零上 五度 零上 十三度 地上으로
밀고 간다, 막 밀고 올라간다
온몸이 으스러지도록
으스러지도록 부르터지면서
터지면서 자기의 뜨거운 혀로 싹을 내밀고
천천히, 서서히, 문득, 푸른 잎이 되고
푸르른 사월 하늘 들이받으면서
나무는 자기의 온몸으로 나무가 된다
아아, 마침내, 끝끝내

꽃피는 나무는 자기 몸으로
꽃피는 나무이다

                    <1985년, 시집 『겨울―나무로부터 봄―나무에로』>

눈 보 라

원효로 처마끝 양철 물고기를 건드는 눈송이 몇 점,
돌아보니 등편 규봉암으로 자욱하게 몰려가는 눈보라

눈보라는 한 사람을 단 한 사람으로만 있게 하고
눈발을 인 히말라야 소나무숲을 상봉으로 데려가버린다

눈보라여, 오류 없이 깨달음 없듯, 지나온 길을
뒤돌아보는 사람은 지금 후회하고 있는 사람이다

무등산 전경을 뿌옇게 좀먹는 저녁 눈보라여,
나는 벌받으러 이 산에 들어왔다

이 세상을 빠져나가는 눈보라, 눈보라
더 추운 데, 아주아주 추운 데를 나에게 남기고

이제는 괴로워하는 것도 저속하여
내 몸통을 뚫고 가는 바람 소리가 짐승 같구나

슬픔은 왜 독인가
희망은 어찌하여 광기인가

뺨 때리는 눈보라 속에서 흩어진 백만 대열을 그리는
나는 죄짓지 않으면 알 수 없는가

가면 뒤에 있는 길은 길이 아니라는 것을
우리 앞에 꼭 한 길이 있었고, 벼랑으로 가는 길도 있음을

마침내 모든 길을 끊는 눈보라, 저녁 눈보라,
다시 처음부터 걸어오라, 말한다

<1988년, 창작과비평>

곽 재 구

沙平驛에서

막차는 좀처럼 오지 않았다
대합실 밖에는 밤새 송이눈이 쌓이고
흰 보라 수수꽃 눈시린 유리창마다
톱밥난로가 지펴지고 있었다
그믐처럼 몇은 졸고
몇은 감기에 쿨럭이고
그리웠던 순간들을 생각하며 나는
한줌의 톱밥을 불빛 속에 던져주었다
내면 깊숙이 할 말들은 가득해도
청색의 손바닥을 불빛 속에 적셔두고
모두들 아무 말도 하지 않았다
산다는 것이 때론 술에 취한 듯
한 두름의 굴비 한 광주리의 사과를
만지작거리며 귀향하는 기분으로
침묵해야 한다는 것을
모두들 알고 있었다
오래 앓은 기침소리와
쓴 약 같은 입술담배 연기 속에서
싸륵싸륵 눈꽃은 쌓이고

그래 지금은 모두들
눈꽃의 화음에 귀를 적신다
자정 넘으면
낯설음도 뼈아픔도 다 설원인데
단풍잎 같은 몇 잎의 차창을 달고
밤열차는 또 어디로 흘러가는지
그리웠던 순간들을 호명하며 나는
한줌의 눈물을 불빛 속에 던져주었다.

<1981년, 중앙일보>

전장포 아리랑

아리랑 전장포 앞 바다에
웬 눈물 방울 이리 많은지
각이도 송이도 지나 안마도 가면서
반짝이는 반짝이는 우리나라 눈물 보았네
보았네 보았네 우리나라 사랑 보았네
재원도 부남도 지나 낙월도 흐르면서
한 오천년 떠밀려 이 바다에 쫓기운
자그맣고 슬픈 우리나라 사랑들 보았네
꼬막껍질 속 누운 초록 하늘
못나고 뒤엉긴 보리밭길 보았네
보았네 보았네 멸치 덤장 산마이 그물 너머
바람만 불어도 징징 울음 나고

손가락만 스쳐도 울음이 배어나올
서러운 우리나라 앉은뱅이 섬들 보았네
아리랑 전장포 앞 바다에
웬 설움 이리 많은지
아리랑 아리랑 나리꽃 꺾어 섬그늘에 띄우면서

<1985년, 시집 『전장포 아리랑』>

오 억 만

구시포에서

염전 억만이네 각시 간밤에 도망갔다
인천 어느 술집서 눈맞아 고향 돌아올 때
살양말에 매니큐어 칠한 새 각시 자랑스러웠다
명사십리 해당화꽃 넝쿨 아래 꽃냄새 피우며 살자고
두 칸 블록집 지으며 마냥 행복했다
해당화야 해당화야 네가 내 각시처럼 이쁘냐
해당화야 해당화야 네가 내 색시보다 고우냐
소금 굽는 노랫소리 바닷바람에 날렸다
함바집 함석지붕 들썩거리는 간조날
뜨내기 인부들은 밤새 섰다판을 벌이고
새벽처럼 억만이 읍내 나가 오토바이 샀다
오토바이 뒷등에 제 각시 태우고
해당화 핀 명사십리길 신나게 달렸다
장호 가는 곰솔 숲에 사랑이 있던 날은
곰처럼 씩씩거리며 서해바다 쩌렁쩌렁 울렸다

염전 억만이네 각시 도망간 지 삼년 됐다
소금철에도 뜨내기 인부들 들르지 않아 함바집은 텅 비고
당뇨병 약으로 뿌리 뽑힌 해당화꽃들은 피지 않았다
염전 억만이 헌 오토바이와 함께 살았다
연년생인 두 아이들은 다섯 살 네 살
오토바이 뒷등에 버짐 핀 오누이 태우고
장호로 가는 곰솔 숲은 보지 않고 달렸다.

<1991년, 실천문학>

김 사 인

형님전 상서

형님, 한심한 짓만 골라 저지르며 남의 덕에 밥먹고 사는 저는
속 편한 소리 탕탕 합니다
사람 사는 게 어디 돈만 가지고 되는 거냐고
떳떳이 살아가다 보면
밥은 굶지 않게 되어 있다고
배부른 소리만 씨도 안 먹게 지껄이고 앉았습니다
임마, 넌 이새끼 고생을 덜해서 몰라
그러며 내게 말씀합니다
집구석 와장창 거덜나고
형님과 나 대전으로 유학 나와
밭둑의 쑥 뜯어 국 끓여먹고
눌어붙은 엊저녁 국수가락 몇 건져 입맛 다시며
학교길 시오리 걸어다니던
중고등학교 자취시절 말씀합니다
웬수 같지만 하나뿐인 동생인지라
내 수업료 먼저 주고 형님은 등교정지 먹고
속 모르는 담임한테 빰때기 얻어맞던 날은
분해서 분해서
독하게 참아온 눈물보가 터지더라는

그 시절 말씀합니다
가슴에 사무치는 그 시절 얘기
꺼낼 적마다 형님은 목이 메이고
나도 눈물 핑 돌아
에유, 그만 됐어유, 합니다
그래두 너무 돈 돈 그러지 마유
형님은 돈에 포원이 졌지만
나는 돈에 디근자도 진저리가 나유,
싸가지없이 쭝얼거립니다.
그러다 괜히 서먹해져 형님은 일어서시고
꾀죄죄한 동생놈 꼬라지가 그래도 안쓰러워
눈물겨운 돈 일이만원 부시럭부시럭 꺼내 놓으며
야 임마, 너 담배 좀 어지간히 펴
한마디 쥐어박고 휭 나가십니다
형님의 자린고비 타령도 제 어여쁜 말들도
끝판에는 이 모양으로 다 도루묵이니
이게 바로 그 더럽고 지긋지긋하다는
동기간 정인 모양입니다
까짓놈의 돈이야 번들 대수며 안 번들 별겁니까
이 더럽고 지긋지긋한 것에 몸 푹 담그고 있으면
못 견디게 세상 살맛 나고 든든해서
아시겠지요, 그래서 저는 자꾸 어깃장 놓습니다
깐족깐족 형님께 달려듭니다
가끔은 형님도 그 재미에 억지소리 보태시는 줄
제가 압니다 형님.

<1986년, 한국문학>

주왕산에서

가을볕
이 엄숙한 투명 앞에 서면
썼던 모자도 다시 벗어야 할 것 같다
곱게 늙은 나뭇잎들 소리내며 구르고
아직 목숨 붙은 것들 맑게 서로 몸 부비는 소리
아무도 남은 길 더는 가지 않고
온 길을 되돌아보며
까칠한 입술에 한개피씩 담배를 빼문다

어떤 얼굴로 저 가을볕 속에 서야
사람은 비로소 잘 익은 게 되리

바지랑대도 닿지 않는 아슬한 꼭대기
혼자 남아 지키는 감처럼
닥쳐올 그 어느 시간의 예감을 지키며
기다려야 한다면
나는 이 맑음 속에 어떤 자세로 앉아야 하리

<1987년, 시집 『밤에 쓰는 편지』>

나 종 영

저 녁 놀

풀잎도 돌아눕는 저물녘
작은 새 한마리 이슬을 긷다가
날아가버리고
그 수많은 사람들 맨가슴을 쥐며
쓰러진 하늘에
빛이 터지고 있다
훨훨 날아간 새와
울며 끌려간 사람들 발자국, 봄 들판에
오랜 세월 그리움 남아 있어
먼산 넘어가는
누구 한사람 뒷모습
부르는 울음이 붉게 타고 있다.

<1983년, 5월시 동인지>

박 영 근

새벽길 2

서둘러 겨울은 오고, 이미 쓸려간 핏자욱 위로
무심히 눈은 쌓이고.
아무도 우리를 부르지 않았다.

버릇처럼 새벽길 따라 공장 뒷담을 돌아
언 발 구르며 길목을 서성이면
마주치는 얼굴들, 웬일일까
두려워 숨고.
반가워 순옥아 불러도
멈칫 멈칫 돌아서버리는 친구들.

어디로 갈까. 무엇으로
우리들 떠돌 수 있을까.
가로수들이 묻히고, 눈보라에
길목이 막히고

무엇을 덮으려, 우는 아우성으로
눈은 내릴까. 가자, 가자
가슴 붉게 붉게 그리운 얼굴 있을까.

지우지 못해 자꾸만 돌아보면
공장굴뚝 위에서 흐린 부두 멀리서
하나 둘 번지는 작은 불빛들.
지우고 나면 또 그만큼 울고 있는
시간들 속에서 비로소 만져지던
우리들 맨살. 감출 수 없는 맨살들로
출렁이는 눈물의 뜨거운 몸짓으로
서리 서리 피 적시는
눈송이, 눈송이여

어디로 갔을까, 정임이순애인숙이……
더러는 역전 뒷골목 행상이 되었는지
고향벌 갯가에서 머리를 풀었는지
떠나서는 모른다, 모른다고 우기면서
바람으로 바람으로 몰려오는지
아, 모진 세월의 뒤를 밟는 발자욱들
몰라라 어디선들 씻겨질 리야 있을까.

두드리는 공장문마다 울음만 남고, 이미 지워져버린 이름들 위로
무심히 눈은 쌓이고.
아무도 우리를 부르지 않았다.

<1984년, 시집 『취업 공고판 앞에서』>

안 도 현

다시 洛東江

아우야
우리가 흰 모래밭 사금파리 반짝이는 소년이었을 때
앞서거니 뒤서거니 땅으로만 기어 흐르던 낙동강이
오늘은 저무는 경상도 하늘 한 끝을 적시며 흐르는구나
아무도 모를 것이다 정말로
강물이 하나의 회초리라는 것을
우리 어린 종아리에 감기던 아버지 싸리나무 푸른 매
강물도 河回 부근에서 들판의 종아리를 때리며 가는구나

아우야
아버지 수십년 삽질로도 퍼내지 못한 낙동강이
아직 철들지 않은 물고기들 하류로 풀어 보내며
조심하여라 조심하여라 웅얼대는 소리 듣느냐
아버지 등줄기에 흐르던 강물 보았느냐
그 속을 거슬러올라 헤엄치던 어린 날 우리는
그렇지 한마리씩의 빛나는 銀魚였을 것이다

먼 훗날
다시 洛東江에 나갈 때 아우야

강물이 스스로 깊어진 만큼 우리도
나이가 부끄럽지 않고 서글프지 않은 물줄기 이루었을까
저무는 강가에 아버지가 되어
푸른 매가 되어 돌아와 설 수 있을까
아우야

<1985년, 시집 『서울로 가는 전봉준』>

김 용 택

섬진강 1

가문 섬진강을 따라가며 보라
퍼가도 퍼가도 전라도 실핏줄 같은
개울물들이 끊기지 않고 모여 흐르며
해 저물면 저무는 강변에
쌀밥 같은 토끼풀꽃,
숯불 같은 자운영꽃 머리에 이어주며
지도에도 없는 동네 강변
식물도감에도 없는 풀에
어둠을 끌어다 죽이며
그을린 이마 훤하게
꽃등도 달아준다
흐르다 흐르다 목메이면
영산강으로 가는 물줄기를 불러
뼈 으스러지게 그리워 얼싸안고
지리산 뭉툭한 허리를 감고 돌아가는
섬진강을 따라가며 보라
섬진강물이 어디 몇 놈이 달려들어
퍼낸다고 마를 강물이더냐고,
지리산이 저문 강물에 얼굴을 씻고

일어서서 껄껄 웃으며
무등산을 보며 그렇지 않느냐고 물어보면
노을 띤 무등산이 그렇다고 훤한 이마 끄덕이는
고갯짓을 바라보며
저무는 섬진강을 따라가며 보라
어디 몇몇 애비 없는 후레자식들이
퍼간다고 마를 강물인가를.

<1982년, 21인 신작시집 『꺼지지 않는 횃불로』>

섬진강 4

누님의 초상

누님. 누님들 중에서 유난히 얼굴이 희고 자태가 곱던 누님.
앞산에 달이 떠오르면 말수가 적어 근심 낀 것 같던 얼굴로 달그
늘진 강 건너 산속의 창호지 불빛을 마루 기둥에 기대어 서서 하
염없이 바라보고 서 있던 누님. 이따금 수그린 얼굴 가만히 들어
달을 바라보면 달빛이 얼굴 가득 담겨지고, 누님의 눈에 금방이
라도 떨어질 듯 그 그렁그렁한 눈빛을 바라보며 나는 누님이 울
고 있다고 생각했었지요. 왠지 나는 늘 그랬어요. 나는 누님의
어둔 등에 기대고 싶은 슬픔으로 이만치 떨어져 언제나 서 있곤
했지요. 그런 나를 어쩌다 누님이, 누님의 가슴에 꼭 껴안아주면
나는 누님의 그 끝없이 포근한 가슴 깊은 곳이 얼마나 아늑했는
지 모릅니다. 나를 안은 누님은 먼 달빛을 바라보며 내 등을 또
닥거려 잠재워주곤 했지요. 선명한 가르마길을 내려와 넓은 이마
의 다소곳한 그늘, 그 그늘을 잡을 듯 잡을 듯 나는 잠들곤 했지

요.

징검다리에서 자욱하게 죽고 사는 달빛, 이따금 누님은 그 징검다리께로 눈을 주며 누군가를 기다리는 듯했지요. 강 건너 그늘진 산속에서 산자락을 들추며 걸어나와 달빛 속에 징검다리를 하나둘 건너올 누군가를 누님은 기다리듯 바라보곤 했지요.

그러나 누님. 누님이 그 잔잔한 이마로 기다리던 것은 그 누구도 아니라는 것을, 누님 스스로 징검다리를 건너 산자락을 들추고 산그늘 속으로 사라진 후 영영 돌아오지 않을 세월이 흐른 후, 나도 누님처럼 마루 기둥에 기대어 얼굴에 달빛을 가득 받으며 불빛이 하나둘 살아나고 사라지는 것을 바라보며 누님이 그렇게나 기다리던 것은 그 누구도 아니며 그냥 흘러가는 세월과 흘러오는 세월이었다는 것을 알게 되기까지, 나도 얼마나 많은 아름다운 것들과 헤어져 캄캄한 어둠 속을 헤매이며 아픔과 괴로움을 겪었고 그보다 더 아름다운 것들과 만나고 또 무엇인가를 기다렸는지요. 아름다운 것들이 얼마나 아픔과 슬픔인지요 누님.
누님, 누님의 세월, 그 세월을, 아름답고 슬픈 세월을 지금 나도 보는 듯합니다.

누님, 오늘도 그렇게 달이 느지막이 떠오릅니다. 달그늘진 어둔 산자락 끝이 누님의 치마폭같이 기다림의 세월인 양 펄럭이는 듯합니다. 강변의 하얀 갈대들이 누님의 손짓인 양 그래그래 하며 무엇인가를 부르고 보내는 듯합니다. 하나둘 불빛이 살아났다 사라지면서 달이 이만큼 와 앞산 얼굴이 조금씩 들춰집니다. 아, 앞산, 앞산이 훤하게 이마 가까이 다가옵니다. 누님, 오늘밤 처음으로 불빛 하나 다정하게 강을 건너와 내 시린 가슴속에 자리

잡아 따사롭게 타오릅니다. 비로소 나는 누님의 따뜻한 세월이
되고, 누님이 가르쳐준 그 그리움과 기다림과 아름다운 바라봄이
사랑의 완성을 향함이었고 그 사랑은 세월의 따뜻한 깊이를 눈치
챘을 때 비로소 완성되어 간다는 것을 알았습니다. 누님. 오늘밤
불빛 하나 오래오래 내 가슴에 남아 있는 뜻을 알겠습니다. 누
님, 누님은 차가운 강 건너온 사랑입니다. 많은 것들과 헤어지고
더 많은 것들과 만나기 위하여, 오늘밤 나는 사랑 하나를 완성하
기 위하여 그 불빛을 따뜻이 품고 자려 합니다. 누님이 만나고
헤어진 사람을 사랑하며 기다렸듯 그런 세월, 그 정겨운 세월
…… 누님의 초상을 닦아 달빛을 받아 강 건너 한자락 어둔 산속
을 비춰봅니다.

<1982년, 21인 신작시집 『꺼지지 않는 횃불로』>

섬진강 24

맑은 날

할머님은 아흔네 해 동안 짊어진 짐을 부리고 허리를 펴 이 마
을에 풀어놨던 숨결을 구석구석 다 거둬들였다가 다시 길게 이
작은 강변 마을에 골고루 풀었습니다.

할머님이 살아생전 밤낮으로 보시던 할머니 나이보다 더 늙고
할머니 일생보다도 더 만고풍상을 겪어낸 뒷산 귀목나무.
"올해는 바람이 없을랑갑다
까치집을 높은 데 진 걸 봉게로."
"올해는 농사일이 바쁘겠구나

나뭇잎이 한꺼번에 핑 걸 봉게로."
　할머님이 숨을 모두 거두어들여 맺었다가 마지막으로 길게 풀었을 때 가장 낮아진 새벽 물소리와 그 귀목나무 죽은 삭정이 가지 몇 개가 바람 없이 부러져 떨어지는 소리를 나는 식구들의 울음소리 속에서 들었습니다.

할머님이,
강 건너에서
강 이쪽으로
도롱곶 논밭에서
텃논 텃밭으로
텃논에서 마을회관으로
회관에서 이웃집으로
이웃집에서 마당으로
마당에서 마루로
마루에서 방으로
점점 그 모습이 사라지신 후에도
죽을 고비를 넘길 때마다 이웃 강 건너 마을로 시집 간 딸이
해마다 하얀해지는 머리로 강길을 따라왔다가
찔레꽃 피고
깨꽃이 피고
쑥국새가 울어쌌고
혹은 눈 나리던
저문 강길 풀숲을 헤치며 왔다가
돌아갈 때마다
동네 사람들은 할머님이 아직도 살아 있음을 알고는
"참 오래 살기도 허신다인……"

"인자 죽을 때도 되얐재" 하다가

금방 또 할머님을 잊어버리고 허던 일들을 했습니다. 그러시기를 여러 해, 온몸에 죽음꽃이 번져가고 움푹 패여가는 볼로 할머님은 "내가 왜 죽어, 이렇게 멀쩡헌디. 나는 더 살고 따땃헌 춘삼월에 날 좋은 날 죽을란다."

또 그렇게 보낸 몇 해 봄을 언제 죽으려고 했었냐는 듯 참으로 말짱하게 살아나시곤 하셨지만 할머님은 죽을 때를 향해 자연스럽게 삶의 어느 끝에서부터 차근차근 죽음으로 자기를 이끌어가셨습니다. 뒷산 귀목나무처럼.

할머님은 이따금 방문을 열고 마루에 앉은 나더러 여러가지 이야기 끝에마다

"내가 죽으면 내 간을 꺼내 보거라
내 간이 있는가 다 녹아부렀는가."

할머님이 살아나오신 저 배고픔과 한숨과 시달림과 빼앗김, 저 눈물 많은 세상 세월도 이제 밥 먹을 일 외엔 일을 다 빼앗겨버리고 죽음의 근처에 다다라가시며 할머님은 죽음의 한 고비를 넘어설 때마다 그렇게 말씀하시곤 하셨습니다.

할머님의 때절은 저고리가 지붕 위로 던져지고 새벽 어둠이 서서히 문짝 없는 대문을 빠져나가 아침 강물로 가서 젖어 흘러가고, 딸네들이 허연 파뿌리 같은 머리채를 풀어헤치고 신발을 벗어 들고 마을 앞 느티나무에서부터 곡성을 터뜨리며 새벽빛을 따라 초상마당에 들어서며 어매 어매 불쌍헌 우리 어매를 불렀습니다.

저 깊고 끝 모를 우리들 한의 세월
황토땅 깊이 푸른 불꽃이 타오르고
할머님은 빤듯이 누워

돌덩이처럼 차고 캄캄하게 식어갔습니다.

느닷없는 곡성과 울음소리들을 따라 동네 사람들이 하나둘 모여들어 마당에 모닥불을 피워 아침 연기를 곧게 하늘로 올리며 마을을 깨우고 헛간 구석에 남은 어둠까지 모두 태우며 할머님의 죽음을 숨김없이 드러내주는 맑디맑은 봄볕이 우리들 가난한 마당에 쏟아져 깔렸습니다.

살구꽃 그늘이 마당에 떨어지고
앵두꽃 그늘이 뒤안 우물에 드리워지고
아이들은 돌멩이를
강물에 던져
물결을 일으키며
강가에서 놀고 있었습니다.

차일이 쳐지고
그동안 몇번 키웠다 잡아먹고
다시 키워논
할머님 초상용 돼지를 잡아
내장을 삶아 먹고
술들이 거나해지자
초상마당은 할머니 죽음과 상관없이
활기를 찾아갔습니다.
사람들은 시키지 않아도
모여들어 무슨 일이든지
척척 손과 발이 안암팎으로 맞아떨어져
익숙하게 일들을 추렸습니다.

객지에서 하나둘 손주들이 돌아올 때마다 잠깐씩 울음소리들이 뒷산을 가만가만히 울렸습니다. 마을은 오랜만에 사람 사는 동네처럼 시끄러워지고 큰아버지 큰어머니 할머니만 사시던 큰집에도 오랜만에 사람 사는 집처럼 굴뚝마다 연기가 나고 방들이 따뜻해졌습니다. 그런 풍경들은 할머님의 죽음과 별 상관 없이 펄펄했고 또 평화스럽고 때로 아늑하게 보이기까지 했습니다.

　나는 이따금씩 병풍 뒤에 가서
　하얀 이불 홑청을 떠들고
　밭고랑같이 주름진
　할머님의 얼굴을 보곤 했습니다.

밖의 소란과 죽음의 조용함으로 서로 하루 해가 맘껏 길게 지고 산그늘이 뒷산을 내려오자 느티나무 까치집 그림자가 마당에 떨어졌다가 조용히 마당을 떠나 앞산을 넘어갔습니다. 마당엔 생솔나무 모닥불을 피워 뒷산 까치집 높이에서 연기를 풀었습니다. 산그늘이 마을을 빠져나가고 어둠이 뒷산길을 따라 내려와 마을을 덮자 타오르는 불빛이 뒷산을 훤하게 비쳤습니다. 사람들의 그림자가 뒷산에서 너울너울거리고 불길에 빨갛게 치솟아올라간 불티는 어디까지 갔다가 오는지 하얀 재로 사람들의 머리와 어깨에 내려앉아 삭아 없어지곤 했습니다. 아이들은 불 가에 쭈그려 앉아 연기를 피해가며 자기 어머니들이 얻어다 준 떡이나 고기를 먹으며 쓸 데 없이 불을 뒤적거려 자꾸자꾸 불티를 하늘로 높이 올리며 불티가 올라가는 하늘을 쳐다보곤 했습니다. 사람들 얼굴에 불빛이 비칠 때마다 얼굴은 각양각색의 탈을 쓴 것처럼 보였습니다. 탈들은 여러가지 표정으로 죽음을 들여다보고 있었습니다.

죽음이 뭔지 잘 모르는
어린 손녀딸 하나가
하얀 상복을 입고 불 가에 서서
불티가 올라가는
캄캄한 하늘을
오래오래 쳐다보다가
어둠에 젖은 별들을 보다가
하얀 상복 치마에
불티를 받고 서 있었습니다.

마지막으로 막둥이 아들이 오자 입관을 서둘렀습니다. 아들딸
과 손자 고손자들로 방은 오랜만에 발 디딜 곳 없이 꽉 찼습니
다. (아, 몇해 전까지만 해도 할머님 생신이나 할아버지 제사 때
만 되어도 형제들로 인하여 방마다, 마루까지 꽉 차 밥과 떡을
나눠 먹던 그 시끄럽던 날들이 떠올랐습니다. 밥도 먹는 둥 마는
둥 떡 한 조각씩 먹으며 우리들은 학교를 가곤 했었습니다.) 관
속에 할머님은 편안히 눕혀지고 헌 옷가지들을 하나하나 관 속에
넣을 때
  헌 옷갖지들 속에서
마른 거름가루
마른 흙가루
마른 솔잎 부스러기들이
벼알이나 보리씨들이
할머님의 메마른 눈물같이 떨어지고
반짝이며 딸랑 무엇이 관 속에 떨어졌습니다.

현금 육십원,

아, 두꺼운 얼음장이 쩌렁쩌렁 금가는 총성이 들리고

산이 울렸습니다.

동학과 일제와 난리,

앞산 보릿잎들이 부르르 온몸을 떨고

뒷산 귀목나무 삭정이 가지들이

우수수 떨어지고

강물이 출렁거렸습니다.

아우성 소리가,

총 맞은 할아버지를 뻔히 보면서도

달려가지 못하던

할머님의 울부짖음이

내 귀를 때렸습니다.

꽁꽁 언 강 위의 피 흘리는

할아버지의 시체.

관 뚜껑을 닫고 할머님의 모습이 사라지자 사람들은 마을이 터질 듯 울었습니다. 그 울음소리 속에 할머님의 관에 못 치는 소리가 지나갔습니다.

못 치는 소리가 지나가자 머리가 허연 할머님은 울음소리 속을 빠져나가 한 손은 굽은 등에 얹고 한 손으론 지팽이를 짚고 오랜만에 홀가분한 빈 몸으로 바람만 바람만 따라 보리밭 매던 할머니 등 같은 산기슭으로 산기슭으로 오르다, 까치집이랑 동네랑 강물이랑 우리들 집이랑 바라보기도 했습니다. 저 깊고 깊은 산 허리 양지쪽 맑은 햇빛 속에 노란 잔디로 덮인 선산의 무덤들, 육이오 때 총맞아 죽은 할머님의 남편과 큰아버지, 저지난 해에 돌아가신 우리 아버지, 젊어서 죽은 내 아내와 사촌 동생 용식이, 어려서 죽은 어린 조카들이 선산머리 낙락장송 아래 나와 할머님을 고이 맞아 잔디밭에 나란히들 앉아 맑은 햇빛을 쐬며 저굽이 돌아가며 부서지는 푸른 봄 강물을 눈이 부시게 보고 있었습니다. 할머님은 눈이 부시는지 죽음꽃 핀 앙상한 손으로 해를 가리고 있었습니다. 손사래 사이로 빛이, 고운 봄빛이, 새어들었습니다.

그렇게 저렇게
하루가 가고
하룻밤이 지났습니다.

그렇게 또 돌아온
그 이튿날 밤, 밤이 깊어지자 빈 상여가 마당에 놓여지고 상여꾼들이 달라들어 빈 상여를 어깨에 올렸습니다.
불쌍허네 불쌍허네
수리재떡이 불쌍허네
어어노 어어노 어어노……
상여가 서서히 앞뒤로 흔들거리며 상여소리가 구슬프게 울리며 놀이를 시작하자 마당 가운데 있던 사람들이 마당가로 뜰방으로 나가 서고 상주들이 하나씩 허던 일들을 멈추고 상여 뒤를 따라 술 취한 소리로 아이고 할매, 아이고 할매, 불쌍한 우리 할매 하며 우는 시늉들을 내기 시작했습니다. 모닥불은 사람들의 얼굴에 이글이글 붉은 탈들을 각각 씌웠습니다.
여기저기 떠들고 싸우고 고함치며 고달픈 삶과 허허로운 인생과 지난날들을 이야기하던 사람들도, 노름꾼들도 조이던 패를 놓고 마당 가에 빙 둘러섰습니다. 서울에서 내려온 어린 고손주들은 오랜만에 즐거운 장소를 만난 듯 상여 밑으로 들락거리며, 어머니 상복을 뒤집어쓰며 지팡이를 빼앗아 도망다니고 쫓는 장난

을 치고, 마당 가에 둘러섰던 사람들 중에서도 울고 싶은 사람은
붉은 탈을 쓰고 상여 뒤를 따라다니며 맘 놓고 아이고오 아이고
오 소리를 찾았습니다. 빈 상여놀이가 벌어질 때마다 술 취해 턱
없이 울어대던 정규 아재는 오늘도 술이 고주망태가 되어 지팽이
로 땅을 치며 생소리로 아이고 아이고를 뚝뚝 끊어가며 울었습니
다. 정규 아재가 상여놀이 마당에 뛰어들어 오만 몸짓으로 바락
바락 악을 쓰며 울기 시작하자 판은 무르익어, 발을 동동 구르며
허리를 꺾으며 사람들은 눈물을 찔금거리며 웃기 시작했습니다.
술만 취하면 아무 자리에서나 어깨춤을 추시는 아랫집 큰아버님
은 상복과 건을 쓴 채 오늘도 상여를 껑중껑중 둥개둥개 맴돌며
허이! 허이! 소리를 질렀습니다. 커다란 상여 그림자와 사람들
의 그림자가 지붕을 덮고 여기저기 흔들흔들 너울너울거리며 슬
픔에 젖어들어가기 시작했습니다. 마루, 부엌, 헛간, 담 너머 사
람들이 슬픔을 찾아 젖어들어가자 캄캄한 앞산 뒷산이며 마을의
집들이며 나무들이 사람을 따라 너울너울 어노어노 흔들리며 슬
픔의 배를 타기 시작했습니다. 세상을 싣고 배는 바다로 떠나기
시작하고 사람들은 자기의 슬픔으로 빠져들어 잠겼다가 모두의
서러움으로 합쳐져 슬픔은 모닥불로 훨훨 붉게 타올랐습니다.

　어매 어매 불쌍헌 우리 어매

　불쌍허요 불쌍허요

　우리 어매가 불쌍허요

　인생살이가 불쌍허요

　어매 어매 우리 어매

　우리 어매가 떠나가네.

　목을 놓아 울며 어머님이 상여를 붙잡고 구슬프게 노를 잡아
저어가기 시작했습니다. 어찌나 서럽게 울던지 담 너머 아낙네들
은 코를 팽팽 풀어 치맛자락이나 담벼락에 닦으며 붉은 탈의 얼

굴들이 눈물에 젖어 반들거리기 시작했습니다. 어머님의 슬픈 배는 출렁출렁 밤바다로 노를 저어 가며 거칠고 험한 파도를 넘어가다가 다시 잔잔한 바다를 순조롭게 나아가다가, 멀리멀리 저승까지라도 가겠다는 듯이 점점 더 구슬프게 노를 저어 아득히 떠가며 상여 소리만 울렸습니다. 배는 점점 이승과 멀어지며 너울너울 하늘로 떠올랐습니다. 할머님이 저 멀리 하늘에서 하얀 옷을 입고 평소에 굿을 하시던 것처럼 덩실덩실 어머님을 이끌어갔습니다.

배가, 상여놀이 마당을 실은 배가 불티처럼 이승에서 깜박깜박 사라지려 하자,

"아이고 숨 넘어가겠네

나도 인자 고만 울랑만

나만 며누리간디

나 혼자만 울고 있었당게……" 하시며 어머님이 느닷없이 곡을 뚝 그치고 얼른 부엌으로 들어가버리는 바람에 상여와 모든 사람들은 우뚝 딱딱한 땅으로 뚝 떨어져버렸습니다. 사방의 탈들은 슬픔이 딱 그쳐 표정들이 딱 멈춰지더니 한참을 멍해 하다가 와르르 폭소를 터뜨리는 바람에 탈바가지들이 붉은 사금파리처럼 부서져 흩어지며 불길로 치솟아올라가 버렸습니다. 눈물로 범벅이 된 채 부서진 탈들을 날려버리고 사람들은 초상마당의 본얼굴을 찾느라 부산해졌습니다.

다시 마당 가의 사람들은 여기저기 제자리로 흩어져, 노름꾼들은, "패 돌려 패, 누구 잡을 차례지" 하며 자리를 잡고 윷이야! 모야! 윷판이 벌어지고 부엌은 부산해지며 상주들과 사람들은 열을 올리며 끊어진 이야기들을 주섬주섬 이어갔습니다.

"참 내, 난 통안이떡이 참말로 우는 줄 알았당게. 자, 한잔씩 들어, 서울 산다는 것이 꼭 도깨비 바닥이여" 어쩌고저쩌고 술잔

들을 돌렸습니다.

팥죽이 끓여져 여기저기 서고 앉아 후루룩후루룩 팥죽들을 마신 후 여기저기 쓰러지고 더러 자기 집으로 돌아가고 초상마당은 한산해지기 시작했습니다. 헛간과 골방 노름꾼들이 이마를 맞대고 앉아 정신없이 패들을 돌려 조이고 오랜만에 뜨겁게 불들이 피워진 이 방 저 방 방마다 오랜만에 함께 모인 사촌들은 "죽어도 고다 고"를 찾고 방마다 온갖 친척들이 어지럽게 흩어져 상복을 입은 채, 건을 쓴 채 쓰러져 잠들어갔습니다. 작은 상주인 아랫집 큰아버지는 술이 취해 할머님 영호 앞에 잠이 들고 늙으신 큰아버지 홀로 멍석 위에 앉아 할머님을 지키고 계셨습니다. 이따금 노름패들의 술과 국을 떠다 주느라고 어머님의 잠먹은 소리가 조용조용 들리고 모닥불은 나무가 거의 다 타 잉그락만 남아 이글거렸습니다. 이따금씩 노름꾼들이 내게로 와서 돈을 빌려 갔습니다. 돈을 잃어버린 사람은 패들 밖에 아무렇게 쓰러져 잠들고 꾼들은 패를 조용조용 거두고 조용조용 깔아 조였습니다. 패를 깔고 조이는 노름꾼들 밖에서 밤은 깊어지고 새벽이 다가오고 있었습니다.

어둠의 끝에서 날이 새기 시작하자 이 방 저 방에서 두세두세 뿌시뿌시한 얼굴로 잠을 쫓아내며 사람들이 일어나고 아침밥들을 서둘러 먹고 상여가 꾸며지기 시작했습니다.

상여는 회관을 나가 정자나무 밑에서 거리제를 끝내고 강길을 따라 어노어노 핑경소리를 울리며 갔습니다. 산천은 푸르러지고, 어머님은 이틀이나 울어서 쉰 목소리로 상여채를 붙잡고

어매는 좋겄네

어매는 좋겄네

다 살고 죽었응게

어매는 좋겄네
어매 자식 만나로 강게
어메 남편 만나로 강게로
어매는 좋겄네

구슬프게 강물을 출렁이게 하고, 머리가 허연 큰고모는 어매어
매 하며 눈물 없는 메마른 울음을 울며 새끼줄에 노잣돈을 걸었
습니다. 동네 사람들은 오게오게 모여 서서 눈물들을 흘렸습니
다.

살아생전 고인에게 잘못한 것이 있으면 후회에 울고 잘했으면
정으로 더 서러운 것이 죽음이어서 맑은 햇살 속 사람들의 눈물
은 이 산천의 눈물처럼 초라하고 강물처럼 가난했습니다.

상여는 강길을 벗어나 논두렁 밭두렁을 넘고 넘어 산으로 산으
로 험헌 산으로 올라챘습니다. 논밭두렁을 넘고 가시덤불을 헤쳐
넘을 때마다 상여꾼들이 떼를 쓰면 상주들은 새끼줄에 돈을 걸었
습니다.

올라가세 올라가세
태산준령을 올라가세
북망산천을 올라가세
오늘 해는 여기서 놀고
내일 날은 어딜 가나
어노 어노 어어노오
인저 가면 언제 오나
명년 삼월 돌아오지
올라가세 올라를 가세
어노 어노 어어노오

북망산이 머다더니
건넛산이 북망일세
어어노 어어노 어어노오
저승길이 먼 줄 알았더니
대문 밖이 저승일세.

상여는 봄볕 따사로운 산으로 길을 내려 올라갔습니다. 상여가
지나간 자리마다 어린 보리들이 새파랗게 쓰러지고 묵정밭을 지
나 가시덤불 밭두렁을 넘을 때마다 상여소리는 더 구슬퍼지며 종
이꽃이 찢어져 산딸기꽃 맺힌 가시마다, 찔레순 돋은 찔레 가시
마다 걸렸습니다. 햇빛 좋은 산허리를 지나는 상여소리가 동네와
아주 멀어지고 아득해지자 동구 밖 몇몇 사람들의 얼굴이 한꺼번
에 흩어졌습니다.

상여 뒤에 처져 누이들은 쭈그려 앉아 돋아나는 쑥이나 나물들
을 뜯기도 하고 하얀 싸리꽃을 꺾어 들기도 하며 서울에서 온 손
녀딸들은 돈 주고야 사 먹는 나물을 뜯어 "천원어치는 되것다야"
하며 천원어치의 나물과 맑고 깨끗한 햇볕이랑 하얀 상복 치마에
싸 담았습니다.

땅이 파헤쳐져 붉고
사람들은 쓰러지며
다사로운 봄볕에 취했습니다.

관 위에 흙을 던질 때마다
무덤 속을 따라들어갔던
햇살들이 쫓겨났습니다.
할머님은,
그 좋은 햇살 한줌 쥐지 못한 채 묻히고

큰아버님은 관을 다 덮고
따독따독 흙을 밟았습니다.

동네 사람들은, 내 눈에 흙 들어가기 전엔 절대 못 판다는, 이
제는 묵어 쑥대만 우북한 선산 삼밭머리 생땅을 붉게 파 산을 눈
떠워 할머님의 눈에 흙을 넣고 할머님 눈과 산의 눈을 고스란히
감겨가며 뗏장을 둥그렇게 얹었습니다. 여기저기 무덤들 속에 할
머님의 무덤은 새로 둥그렇고 평화스럽게 드러나고 상주들은 상
여가 왔던 길을 되짚어 발자욱을 찾아 디디며 뒤돌아보지 않고
내려갔습니다. 가시덤불 국정밭들의 길과 논밭두렁을 걸으시는
일흔이 넘으신 큰아버지의 샛노란 삼베 상복은 푸른 보리밭들 속
에 유난히 호젓했습니다.

사람들은 죽어
산으로 가고
마을은 텅텅
비어가고.

큰누이와 작은누이와 뒤떨어져서 나는 돌아왔습니다. 할머님이
강 굽이굽이 논밭 구석구석 숨을 거두어 모아 풀어버린 숨결 같
은 진달래가, 핏빛 진달래가 숨결이 돌아오듯 피어나고 있었습니
다.
진달래꽃 피는 산길로
사람들이 흙을 털고
길게길게 취해 하산하고
할머니 굽은 등 같은 산굽이를 돌며
물은 끊임없이 흐르고 있었습니다.

장지로부터 마지막 사람이 떠나자
산이 우뚝우뚝 솟고
우두둑우두둑
산의 뼈마디 소리가 들리며
잠깐 사이 부산해지는 소리를
나는 들었습니다.
할머님의 손과 발, 온몸이
다 닿은 이 산천에
봄이 오고 있었습니다.

　할머님의 주검마저 없는 집엔 하나씩 하나씩 사람들이 객지로
뿔뿔이 흩어져 나가고 동네는 며칠 전으로 한산하게 돌아가고 있
었습니다. 나머지 늙은 어른들 두엇이 영호를 새로 짓고 서럽도
록 맑고 가난한 햇빛 좋은 황토흙 마당에 흩어진 물건들을 제자
리로 치웠습니다. 시꺼멓게 그을린 집과 금간 흙벽 여기저기 헛
간 구석마다 나딩구는 녹슨 연장들과 등태 없는 지게들, 밑동 썩
은 절구통과 비맞아 삭은 덕석과 맷방석들, 녹슬고 부서진 경운
기 부속들, 무엇보다도 우리 어렸을 적 할머니와 화로 곁에 모여
앉아 놀았던 벽 무너진 쇠죽방을 쳐다보며 나는 쓸쓸해 견딜 수
가 없었습니다. 어린 손주 하나가 소주병에 덜 핀 진달래 몇 송
이를 꽂아 할머님 사진 앞에 놓고 있었습니다. 주름살 투성이의
얼굴과 움푹 패인 볼에 진달래빛이 물들었다가 사라졌습니다. 뒷
산 귀목나무 까치들이 울며 푸드득 날아가며 까치 그림자가 마당
을 훨훨 지나갔습니다.

　마을은,
　봄날의 부산했던

강변 작은 마을은
조용하고 맑기만 했습니다.
꽃밭등의 저녁 햇살이
눈부시게 사라지고
비질해 논
비질 자국마다
산그늘이 내리며
서럽게 해가 뚝 떨어졌습니다.

나는 할머님의 헌 옷이며, 베로 기워 다시 회푸대로 더덕더덕
바른 시집을 때 가지고 온 모집짝이며 바느질 그릇, 헌 신이며
때 지난 옷가지며, 헌 담뱃대를 뒤적뒤적 뒤적거려 태우며 태울
것밖에 없는 할머님의 일생을 더듬어 다시 뒤적거리며 이 작은
산천을 둘러보았습니다.

해 저문
뒷산이 내 등을
내려다보고
나는 강물을 내려다보며
흘러가는 강물에
울었습니다.

마지막으로 머리가 허연 고모님이 징검다리를 건너 희끗희끗
어둑어둑 풀 우북한 산 아래 강길을 따라 가고 있었습니다.

불빛이 앞산을 비추며
강 깊이 가만가만 환하게

타고 있었습니다.
"얘야, 내가 죽으면
내 간을 꺼내 보거라
내 간이 있는가 녹아부렀는가."

<1986년, 세계의 문학>

나 해 철

榮山浦 2

개산 큰집의 쥐똥바퀴새는
뒷산 깊숙이에 가서 운다.
병호 형님의 닭들은
병들어 넘어지고
술취한 형님은
강물을 보러 아망바위를 오른다.
배가 들지 않는 강은
상류와 하류의 슬픔이 모여
은빛으로 한 사람 눈시울을 흐르고
노을 속의 운곡리를 적신다.
冷山에 누운 아버님은
물결소리로 말씀하시고
돌절벽 끝에서 형님은
잠들지 않기 위해 잡풀처럼
바람에 흔들린다.
어머님 남평아짐은 마른 밭에서
돌아오셨을까.
귀를 적시는 강물소리에
늦은 치마품을 움켜잡으셨을까.

그늘이 내린 구진포
형님은 아버님을 만나 오래 기쁘고
먼 발치에서
어머님은 숨죽여 어둠에
엎드린다.

<1982년, 동아일보>

榮山浦 9

날이 흐리면
나달지 여기 가오 나달지 여기 가오
강암 당숙 목소리로 강은 울고
황혼 무렵 묶이어
공산면 원수골 큰 웅덩이로 가시며 외치던
형님의 음성으로 아버님은
삼십년 가슴 치는 물결소리 듣는다.
흰옷으로 들에 엎드려 계실 때
먹장구름처럼 멀리 사람들이 이리저리 몰릴 때
유난히 숨죽인 강물소리로
아버님은 동구로 뛰어가셨네
구장이셨던 형님은 풍산댁
끌려간 아들을 위하여 읍내로 가시고
하늘엔 가득한 거센 바람
쇠붙이 화약냄새 흉흉한 소식

사람 좋고 글 잘하고 일 잘하고
존경받던 형님은 오시지 않고
신음처럼 소리하며 뒤척이던 영산강
트럭에 태워져 흙구덩이로 가실 때
나서 자라 삽질하던 새끼내를 지나시며
나달지 여기 가오 나달지 여기 가오
강물은 삼십년 물소리로 흐르고
황혼 무렵 아버님이 듣는
가슴 치는 강 울음.

<1984년, 시집 『무등에 올라』>

윤 재 철

아메리카 들소

네 고향은 이제 빼앗긴 아메리카 대평원이지만
선량하고 거대한 네 어깨는 어쩌면
시골길의 야트막한 산봉우리들을 닮아
어깨로부터 길게 늘어진 머리는
하늘보다 늘 땅에 가깝다

어릴 적 미군부대 철조망에 매달려
헬로우 헬로우 껌을 외칠 때
기름칠을 하던 기관총을 우리를 향해 겨누던
벌거벗은 미군 병사의 거대한 체구를 너는 닮았지만
실상 나의 머리 속에는
우르르 몰려왔다 몰려가며
백인들의 총에 맞아 쓰러지는
인디언의 등돌린 모습이 떠오른다

그리하여 너를 돌아가라고 하지 못하는 걸까
기름지고 광활한 네 조국
너를 잡아 부강하고 비대해진 네 조국
아메리카로 돌아가라고 하지 못하는 걸까

디굴디굴하고 안으로 깊은 네 눈을 보면
아메리카는 하나의 수모에 불과해
네 눈은 논두렁길 둠벙처럼 깊은 핏발이 선다

어스름이 내리고 창경원에서도 구석진
네 우리에서는 구경꾼들이 제일 먼저 사라진다
나무들 사이로 어둠이 오고
건너편 숲속의 사슴들도 길게 길게 엎드릴 때
아직 지치지 않은 네 어깨만 남아
물먹은 산같이 서 있었다.

<1983년, 5월시 동인지>

담 쟁 이

앞으로 갈 수 없는 길은
기어오르는 것인가
벽이면 담이면 달라붙어
드디어는 넘어서는 것인가

교육원 붉은 벽돌담에 달라붙어
뻗쳐올라간 너를 보면
우리들의 사랑은 노래가 아니라
달라붙는 것임을
달라붙어 소리없이 넘어서는 것임을 알았다

그리하여 벽은 더 큰 사랑이 되고
더 큰 절망이 되고
절망은 뿌리박고 살며
뿌리박고 넘어서는 일임을 알았다

부정이 긍정이 되고
다시 긍정이 부정이 되는
소리없는 싸움과 삶의 논리를
너는 뿌리 같은 네 몸으로 엮어
보이지 않는 작은 균열로부터
보이지 않는 작은 뿌리를 심으며
오늘 너는 소문없이 기어오르고 있다.

<1983년, 시인>

박 노 해

이불을 꿰매면서

이불홑청을 꿰매면서
속옷 빨래를 하면서
나는 부끄러움의 가슴을 친다

똑같이 공장에서 돌아와 자정이 넘도록
설거지에 방청소에 고추장단지 뚜껑까지
마무리하는 아내에게
나는 그저 밥달라 물달라 옷달라 시켰었다

동료들과 노조일을 하고부터
거만하고 전제적인 기업주의 짓거리가
대접받는 남편의 이름으로
아내에게 자행되고 있음을 아프게 직시한다

명령하는 남자, 순종하는 여자라고
세상이 가르쳐준 대로
아내를 야금야금 깎아먹으면서
나는 성실한 모범근로자였었다

노조를 만들면서
저들의 칭찬과 모범표창이
고양이 꼬리에 매단 방울소리임을,
근로자를 가족처럼 사랑하는 보살핌이
허울좋은 솜사탕임을 똑똑히 깨달았다

편리한 이론과 절대적 권위와 상식으로 포장된
몸서리쳐지는 이윤추구처럼
나 역시 아내를 착취하고
가정의 독재자가 되었었다

투쟁이 깊어갈수록 실천 속에서
나는 저들의 찌꺼기를 배설해낸다
노동자는 이윤 낳는 기계가 아닌 것처럼
아내는 나의 몸종이 아니고
평등하게 사랑하는 친구이며 부부라는 것을
우리의 모든 관계는 신뢰와 존중과
민주주의적이어야 한다는 것을
잔업 끝내고 돌아올 아내를 기다리며
이불홑청을 꿰매면서
아픈 각성의 바늘을 찌른다

<1984년, 시집 『노동의 새벽』>

지문을 부른다

진눈깨비 속을
웅크려 헤쳐 나가며 작업시간에
가끔 이렇게 일보러 나오면
참말 좋겠다고 웃음 나누며
우리는 동회로 들어선다

초라한 스물아홉 사내의
사진 껍질을 벗기며
가리봉동 공단에 묻힌 지가
어언 육년, 세월은 밤낮으로 흘러
뜻도 없이 죽음처럼 노동 속에 흘러
한번쯤은 똑같은 국민임을 확인하며
주민등록 경신을 한다

평생토록 죄진 적 없이
이 손으로 우리 식구 먹여 살리고
수출품을 생산해온
검고 투박한 자랑스런 손을 들어
지문을 찍는다
아
없어, 선명하게

없어,
노동 속에 문드러져
너와 나 사람마다 다르다는
지문이 나오지를 않아
없어, 정형도 이형도 문형도
사라져버렸어
임석경찰은 화를 내도
긴 노동 속에
물 건너간 수출품 속에 묻혀
지문도, 청춘도, 존재마저
사라져버렸나봐

몇 번이고 찍어보다
끝내 지문이 나오지 않는 화공약품 공장
아가씨들은 끝내 울음이 북받치고
줄지어 나오는, 지문 나오지 않는 사람들끼리
우리는 존재조차 없어
강도질해도 흔적도 남지 않을 거라며
정형이 농지껄여도
더이상 아무도 웃지 않는다

지문 없는 우리들은
얼어붙은 침묵으로
똑같은 국민임을 되뇌이며
파편으로 내리꽂히는 진눈깨비 속을 헤쳐
공단 속으로 묻혀져간다
선명하게 되살아날

지문을 부르며
노동자의 푸르른 생명을 부르며
되살아날
너와 나의 존재
노동자의 새봄을
부르며 부르며
진눈깨비 속으로,
타오르는 갈망으로 간다

<1984년, 시집 『노동의 새벽』>

손 무덤

올 어린이날만은
안사람과 아들놈 손목 잡고
어린이대공원에라도 가야겠다며
은하수를 빨며 웃던 정형의
손목이 날아갔다

작업복을 입었다고
사장님 그라나다 승용차도
공장장님 로얄살롱도
부장님 스텔라도 태워주지 않아
한참 피를 흘린 후에
타이탄 짐칸에 앉아 병원을 갔다

기계 사이에 끼여 아직 팔딱거리는 손을
기름먹은 장갑 속에서 꺼내어
36년 한많은 노동자의 손을 보며 말을 잊는다
비닐봉지에 싼 손을 품에 넣고
봉천동 산동네 정형 집을 찾아
서글한 눈매의 그의 아내와 초롱한 아들놈을 보며
차마 손만은 꺼내주질 못하였다

훤한 대낮에 산동네 구멍가게 주저앉아 쇠주병을 비우고
정형이 부탁한 산재관계 책을 찾아
종로의 크다는 책방을 둘러봐도
엠병할, 산데미 같은 책들 중에
노동자가 읽을 책은 두 눈 까뒤집어도 없고

화창한 봄날 오후의 종로거리엔
세련된 남녀들이 화사한 봄빛으로 흘러가고
영화에서 본 미국 상가처럼
외국상표 찍힌 왼갖 좋은 것들이 휘황하여
작업화를 신은 내가
마치 탈출한 죄수처럼 쫄드만
고층 사우나빌딩 앞엔 자가용이 즐비하고
고급 요정 살롱 앞에도 승용차가 가득하고
거대한 백화점이 넘쳐흐르고
프로야구장엔 함성이 일고
노동자들이 칼처럼 곤두세워 좆빠져라 일할 시간에
느긋하게 즐기는 년놈들이 왜이리 많은지

―― 원하는 것은 무엇이든 얻을 수 있고
    바라는 것은 무엇이든 이룰 수 있는――
선진조국의 종로거리를
나는 ET가 되어
얼나간 미친 놈처럼 헤매이다
일당 4,800원짜리 노동자로 돌아와
연장노동 도장을 찍는다

내 품속의 정형 손은
싸늘히 식어 푸르뎅뎅하고
우리는 손을 소주에 씻어 들고
양지바른 공장 담벼락 밑에 묻는다
노동자의 피땀 위에서
번영의 조국을 향락하는 누런 착취의 손들을
일 안하고 놀고먹는 하얀 손들을
묻는다
프레스로 싹둑싹둑 짓짤라
원한의 눈물로 묻는다
일하는 손들이
기쁨의 손짓으로 살아날 때까지
묻고 또 묻는다

<1984년, 시집 『노동의 새벽』>

어 머 니

남도의 허기진 오뉴월 뙤약볕 아래
호미를 쥐고 밭고랑을 기던 당신 품에서
말라붙은 젖을 빨며
당신 몸으로 갈 고기 한점 쌀밥 한술
연하고 기름진 것을 받아먹으며
거미처럼 제 어미 몸을 파먹으며 자랐습니다

독새풀죽 쑤어 먹고 어지럼 속에 커도
못 배워 한많은 노동자로 몸부림쳐도
도둑질은 하지 않았습니다
일 안하고 놀고먹지도 남을 괴롭히지도 않았습니다
나로 하여 이 세상에서 단 하나
슬픔을 준 사람이 있다면
어머니 바로 당신입니다

당신의 오직 하나 소원이라면
가진 것 적어도 오손도손 평온한 가정이었지요
저는 열심히 일했고 떳떳하게 요구했고
양심대로 우리들의 새날을 위해 싸웠습니다
투쟁이 깊어갈수록 우리에겐 풍파가 몰아쳤고
당신은 더 불안하고 체념 속에 주저앉아

다시 나를 붙들고 애원하며 원망합니다
어머니
환갑이 넘어서도 파출부살이를 하는
당신의 염원은 우리 모두의 꿈입니다
가난했기에 못 배웠기에
수모와 천대와 노동에 시퍼런 한 맺혔기에
오손도손 평온한 가정에의 바램은
마땅한 우리 모두의 비원입니다

오! 어머니
당신 속엔 우리의 적이 있습니다
어머님의 염원을
오손도손 평온한 가정에의 바램을 잔혹하게 짓밟고 선 저들은
간교하게도 당신의 비원 속에
굴종과 이기주의와 탐욕과 안일의 독사로 도사리며
간악한 적의 가장 집요하고 공고한 혓바닥으로
우리의 가장 약한 인륜을 파고들며 유혹합니다

이 세상에 태어나 단 한 사람
어머니의 가슴에 못을 박습니다
어머님의 간절한 소원을 위하여
이땅의 모든 어머니들의 비원을 위하여
짓눌리고 빼앗긴 행복을 되찾기 위해
오늘 우리는 불효자가 되어
저 참혹한 싸움터로 울며울며
당신 곁을 떠나갑니다

어머님의 피눈물과 원한을 품고서
기필코 사랑과 효성으로 돌려드리고야 말
우리들의 소중한 평화를 쟁취하고자
피투성이 싸움 속에서
승리의 깃발을 드높이 펄럭이며 빛나는 얼굴로 돌아와
큰절 올리는 그날까지
어머님 우리는 천하의 불효자입니다
당신 속에 도사린 적의 헛바닥을
냉혹하게 적대적으로 끊어버리는
진실로 어머니를 사랑하옵는
천하의 몹쓸 불효자 되어
피눈물을 뿌리며 싸움터로 나아갑니다
어머니
어머니

<1984년, 시집 『노동의 새벽』>

머리띠를 묶으며

이제 투쟁이다
드디어 투쟁의 시작이다
이 핑계 저 이유 단체협상 질질 끌며
냉각기간 내내 갖은 협박 온갖 술책
파업투쟁 무산시키려는 저들의 지랄발광을
피를 말리는 인내로 힘겹게 돌파해온

살얼음 준법투쟁도 오늘부로 끝이다

대강당이 떠나갈 듯
투쟁가도 힘차고 구호소리 드높아라
'결사투쟁' '일치단결' '승리쟁취' '노동해방'
붉은 천 위에 박혀 살아 펄펄 뛰는
선명한 머리띠를 양손에 펼쳐 잡는다
강당 안은 일시에 메인스위치 내린 듯
숙연하고 비장한 침묵이 흐르고
우리 모두 한가슴으로 머리띠를 묶는다

노사는 공동운명 한가족이라고
고향이 같고 성씨가 같고 학교동문이라고
입사시켜준 먼 친척간이라고
심란하게 맘 약하게 안면을 맞대던
이사 부장 과장 계장 관리자놈들과는
노동자편과 자본가편으로 확연하게 갈라내며
죽었다 깨나도 하나될 수 없는 아군 적군으로
명확한 전선으로 가차없이 매듭지어
단호하게 머리띠를 질끈 묶는다

부서별로 반별로 조별로 나뉘어져
서로 경쟁하고 씹어대던 너와 나
시다라고 초짜라고 여자라고 아줌마라고
서로 무시하고 결돌기만 하던 우리는
똑같이 몸팔아야 먹고 사는 계급이기에
너나없이 착취당하는 노동자이기에

투쟁전선에 함께 선 굳센 동지로
일사불란하게 조직된 전투부대로
뜨겁게 머리띠를 함께 묶는다

떨리는 손길로 머리띠를 묶는다
너무도 아득히 떨어져나가버린
우리의 꿈과 미래를
맑은 하늘 향그러운 꽃 빛나는 햇살을
잊혀져가는 벗들과 친지와 이웃들을
사무치게 하나로 질끈 묶는다

아 뜨거운 열망으로 머리띠를 묶는다
제멋대로 진행되는 이 나라 역사를
두동강난 분단조국 그리운 내 형제를
찢겨져 대립하는 전세계 인류공동체를
피어린 투쟁으로 하나로 묶는다

머리띠를 질끈 묶으며
적과 아를 확연히 갈라내어 묶으며
전선에 선 동지들을 한 대오로 묶으며
'결사투쟁' '일치단결' '승리쟁취' '노동해방'
살아 펄펄 뛰는 구호들을 정수리에 새기며
결연한 투지로 비장한 맹세로
떨리는 손길로 머리띠를 묶는다

<1989년, 노동해방문학>

고 광 헌

검문소를 지나 출근하면서

삼송리에서 불광동, 혹은
불광동에서 삼송리 방향으로 가야 할 때
죄없는 두려움
어둠 속 깊게 가라앉은 저녁의 나라 추녀 밑으로
굴뚝새라도 되어 숨어버리고 싶은 사람들
끌어내린다

책 읽기 조용하고
무엇보다 방세가 헐어
아직도 내 가난을 누릴 터전이 있다는 안도감,
그러나 매일 그곳을 지나칠 때마다
작아지는 가슴 무너지며
죄인이 되어가는 슬픔을 어떻게 할까
평생 멍에를 짊어지고 살아오다 팔려가는 황소의 큰 눈으로

버스 속 가득 찬 두려움 불안 겹치는 눈길
피의자가 되어주는 구한말의 백성들
검문소를 지나 출근하다 보면
가슴속 가득 혹한 이기고 키워온 언어

언제나 때아닌 계절의 폭설에 갇혀
썰물처럼 죄어오는 산소 결핍증

교무실에 들어서면 제일 먼저
출근부가 직선주로를 달려와
삼십의 내 자유를 길들이고
나는 내가 입은 옷이 제복임과
내가 쓰는 일상어의 효용성에 침을 뱉는다

검문소를 지나 출근하면서
문득,
방울소리를 기다리는 조건반사의
실험용 개를 생각한다

<1985년, 5월시 동인지>

고 재 종

설움에 대하여
어머니 1

적으나 많으나
한솥밥 먹던 자식들
혹은 제 잘난 생각 따라
혹은 제 양 적어 싸우는 나날이 싫어
사방으로 뿔뿔이 흩어지고
그 한솥밥 삶던 검은 가마솥
시방은 새암가에 나앉아
말간 뜨물이나 받고 빗물이나 받고
밤이면 그 위에 별빛이나 띄우는
그 녹슨 가마솥을 보고
먼산으로 고개 드는 늙은 여인을 보았다

지붕 위에 박꽃이 하얗게 벙근
추석이 가까워지는 지난 밤.

〈1988년, 노동문학〉

빈 들

농사일지 26

초겨울 볕 여린 들에 선다
이제 그 가슴에 비울 것 다 비우고
저 홀로 은은한 들판에 선다
이 논 저 논의 짚벼눌만은 저리 단정한데
저기 용수배미 갈다 어제 낮참
뒷산 양지뜸에 묻힌 남평영감 생각난다
흙에서 왔다 흙에서 살다
올 거둔 햅쌀밥 먹고 흙으로 돌아간
그 영감 성성하던 백발이 저기
댄들막의 갈꽃으로 일렁인다
바람이 불어온다 바람에
마른 풀잎이 날고 지풀이 날고,
논두렁의 늦은 들국 몇 송이가 눈물겹다
우리네 힘든 일엔 때가 있고
우리네 독새풀 같은 삶도 때 되면
필경 허허로운 평야로 순명 다하는 것
곧이어 저 들에 보리씨 싹터 올지니
내일은 저 산밑 찬샘논 가는 만근이
그간 서른도록 장가 못 가 안달이더니
남원 처녀 데려와 새살림 차린단다

그리움 안고 지고 초겨울 빈 들에 서니
흙으로 가고 오는 사람들의 역사가
정정한 눈물로 그리워 보이고
저다지 넉넉 평평한 들 아니면 결코
우리네 삶 뜻도 없을 진실이 보인다
그 진실이 오래오래 빈 들에 서게 한다

<1989년, 시집 『새벽 들』>

김 해 화

늙은 철근쟁이의 죽음

1

첫추위가 밀려와
어제 콘크리트 친 슬라브가 꽁꽁 얼어붙은 12층
곱은 손으로 옹벽 철근을 넣고 돌아와
이불을 뒤집어쓰고 누웠는데
이형에게서 전화가 왔다.
김씨가 아무래도 오늘밤을 못 넘길 것 같다고
노가다판 흘러흘러 사십년
이땅의 길이란 길, 길이 끊긴 곳마다의 다리란 다리
공장이란 공장, 아파트란 아파트
손 닿지 않은 곳 없다고 큰소리치던 그 김씨할아버지가
오늘밤을 못 넘기겠단다. 이럴 수가
그저께까지도 일 나와 철근 가공을 하고
막걸리잔을 들면서 껄껄 웃으시던 분이
이럴 수가 이럴 수가
서둘러 찾아간 산동네 김씨의 셋방엔
소식을 듣고 온 철근쟁이들이 꽉 차 있다.
안 빠지고 일 나오던 분이 이틀이나 안 나오고

추위가 밀려왔는데 연탄이나 들여놓으셨나 궁금해서 들렀더니
세상에 이 모양이여……
이형은 목이 메이고
김씨에게서 철근일 배웠다는 오야지 박씨는
눈물이 그렁그렁
아까까지도 의식이 있어 병원으로 모시려 했더니
본인이 한사코 마다하시네.
평생 병문안 빼고는 병원 구경 안했는데
죽으면서 병원 갈 거냐고 하시면서……

이북이 내 고향이지
피난 나온 게 아니라 직장이 이남이었는데
삼팔선 그어지고, 전쟁 후엔 휴전이 되면서
여엉 고향에 못 가고 말았지
나는 지금 이남에 잡혀 있는 게야.
참 좆같은 이남살이지.

얼굴을 찡그리며 술잔을 들던 그 김씨가
가쁜 숨 몰아쉬며 말없이 누워 있다.
일가 친척 아무도 없어
급한 소식 알릴 곳도 없는 양반
형제처럼 자식처럼 철근쟁이들
침통하게 고개 숙이고 눈물 글썽이고 둘러앉은 속에
이제 먼 길 떠나려는 사람
평생 오른 노부리 다 합하면
하늘인들 못 오를까
평생 놓은 다리 다 합하면

임진강 아니라 바다인들 못 건널까
평생 닦은 길 다 이으면
북녘 고향 아니라 세상 끝인들 못 갈까
어디로 가려는 걸까 이제 떠나는 길

소주 몇 병이 비워지고 자정이 지났는데
끙 신음소리 끝에 눈을 뜬 김씨가
젖은 눈으로 방안을 돌아보며
마른 입술을 달싹이다가
그대로 조용히 숨을 거두었다.

형님! 오야지 박씨가 울음을 터뜨리고
호랑이 눈썹 김씨형님이 갑자기 소주 한 병을 들어
병나발을 불더니
김씨 곁으로 다가가 두터운 손으로
감기지 않은 눈을 감겨주며 중얼거렸다.
거그 가시거든 인자 철 그만 미고
히로시*나 해놓으시오
우리들이 가서 철 미어다가
잘 깔 것인께.

오늘 살아 있는 우리가
내일의 삶을 기약할 수 없는 하루살이 인생
그 억울함이 기름을 부어
우리들의 서러움은 더욱 뜨거워가고
숨이 막힐 것 같아 방문을 열고 나와 입술을 깨물며
아직도 새벽이 먼 하늘을 우러르는데

내 뜨거운 설움 위로 날리는 눈발
첫눈이 내린다.

2

공사가 끝나고 나면
시뻘겋게 녹이 슬어 공사장 한구석에 파묻혀버리거나
운 좋으면 고물상으로 팔려가는
철근 기레빠시들
우리 철근일 하는 노가다들도
기레빠시 신세와 다를 게 뭐냐?
젖은 눈을 닦으며
호랑이눈썹 김씨형님만은 연거푸 술잔을 비운다.
눈이 젖는 것은 김씨형님만이 아니다.
화장장에서 발길을 돌린 우리들도
충무 미륵도 앞바다까지 다녀온 오야지 박씨도
이형도 박형도……
시켜놓은 안주가 그대로 남아 차디차게 식도록
우리들은 술잔 끝에 설움만 씹었다.
죽음도 많이 겪어보고 억울한 죽음도 많았네만
이번같이 가슴을 치는 설움은 첨이네.
우리 아버님이 가셨을 때도 이러지는 않았는디.
오야지 박씨가 한숨 끝에 술잔을 들이켠다.
찌푸린 하늘 아래
새벽부터 서둘러 당일치기로 초상을 치고
희끗희끗 먼 산봉우리에만 쌓인 첫눈을 보며
화장장에서 돌아와 김씨의 짐을 정리해

태울 것은 태우고 남길 것은 남기며 보낸 하루
오야지 박씨의 고향 미륵도 앞바다에 뼛가루를 뿌리러
함께 갔던 박씨와 이형, 박형이 밤늦게 돌아오고
산동네 아래 조그만 식당에 모여 벌어진 술자리
마셔도 마셔도 술은 취하지 않고
어제보다 더 추워진 밤은 깊어가는데
한 사람이 비우고 간 자리의 어둠은
바깥 골목보다도 더 캄캄하고 춥다.

근디 그 형님 까막눈이었능가 오늘 짐 챙김스러 본께
공책이나 수첩은커녕 데스라* 해논 종이쪼가리 하나 없드라고.
술잔을 들다 말고 김씨가 말을 꺼낸다.
그 양반 사연이 많은 양반이재
대구폭동 때 철도노동자였는데 폭동에 적극 가담한 폭도였대.
결국 직장 잃고 전쟁 후에 노가다꾼이 된 모양인데
가만히 보면 아는 것이 무척 많은 양반인데
아직까지 손에 연필 드는 것을 본 적이 없어.
세상이 하도 무서우니 자신의 과거를 다 감추고 싶으셨겠지.
김씨할아버지를 가장 잘 안다는 오야지 박씨가
얘기를 끝내며 내 빈잔에 술을 채운다.
나는 고개 숙이고 앉아
가슴에 살아오는 김씨의 이야기를 듣는다.
함부로 해방이 어떻고 입으로만 해쌌는 것 아니다
맨날 아파트 아파트 허면서 느그 집 하나 못 짓고
넘의 집만 짓는 느그 신세를 제대로 보고
그것을 깨는 길부터 닦아야재.
보름 전 간조날 저녁

막둥아 술 한잔 사그라. 그렇게 시작된 술자리
노가다 40년에 참 많은 사람들 만났다만은
요새 젊은놈들 보면 좀 맘이 놓인다.
생각허는 것들이 사람다워졌어.
너는 이 현장에서 처음 만났다만은
겉으로 보기엔 성질이 급하고 가벼운 것 같아도
생각이 깊고 뼈가 곧아 무겁기로 치면 중량급이지.
좋은 놈 만났으니
오늘은 내가 가슴에 묻어두었던 이야기 좀 헐란다.
소주 세 병을 비우며
차근차근 들려주시던 흘러흘러 사십년.
살아 있는 것이 부끄럽다. 그때 산으로 가서
차라리 싸우다가 죽어 산에 묻혔어야 헐 일인디.
다시 때가 올 줄 알았더니……
술잔을 들 때 떨리던 손
그 손에 총칼을 들어 미제와 반동집단에 맞섰던
10월 인민항쟁의 전사
막둥아 술 한잔 들어라.
깜짝 놀라 고개를 드니 아 그 김씨할아버지가
내 앞에 앉아 있다. 한손에 소총을 힘있게 들고
백발이 성성한 전사가 앉아 있다.
자 받아라 이제 싸움은 너희들 몫이다.
나를 향해 휙 내미는 소총.
김씨할아버지! 외치다 말고 퍼뜩 정신이 들어 둘러보니
사람들이 놀라 나를 바라보고 있다.
암말도 않고 앉아 있더니 꿈꿨냐?
김씨형님이 자기 잔에 술을 채워 내게 권하고

내가 연거푸 두 잔의 술을 들이켠 뒤에도
사람들은 여전히 멍해 있고
나는 머리를 흔들어 뒤엉킨 생각들의 갈피를 잡으며
주머니를 더듬어 낮에 챙겨넣은 김씨의 갈쿠리를 만져본다.
싸움은 이제 너희들 몫이다.
자꾸 머리를 치는 전사의 목소리

자 술잔들 비우고 집으로들 가야재.
고생들 했어.
낼은 아침에 늦더라도 나와서 일들 해야재.
일꾼이 일손 놓고 있는 것 저승에서도 좋아헐 양반 아니여.
오야지 박씨의 말이 끝난 뒤에도
쉽게 술자리는 끝나지 않았다.

 * 히로시: 도면에 따라 철근이 들어가야 할 자리를 표시하는 것. 일본
    식 말.
 * 데스라: 작업 내용을 기록하는 것. 일본식 말.

<1990년, 창작과비평>

도 종 환

울타리꽃*

아들아, 나 죽어 이 집의 울타리가 되리라.
칼 뽑아 네 어미 아름다움 버혀가려던
눈먼 무리 앞에 무릎 꿇을 순 결코 없어
황망한 칼빛 아래 내가 죽거든
아들아, 억새풀 엉겅퀴 새 돌 눌러 날 묻지 말고
우리집 마당 가운데 나직하게 묻어다오.
혹 떨어져나간 내 뼈 있거든
밤마다 숫돌에 갈고 갈아 화살촉 만들고
흩어져 날리는 머리칼 있거들랑
빠짐없이 추려 모아 화살줄 매어다오.
앞 못 보는 너희 아빌 핍박하러 오는 무리
날만 새면 사립문 앞에 눈 치뜨고 모이리니
내 어이 죽어선들 한적한 산그늘이나 떠돌며 다니리
아들아, 이 어민 속 붉은 꽃으로 꼭 다시 피어난다.
나 죽어도 내 집의 울타리꽃으로 피어난다.

  * 번리화, 목근, 목노 등의 이름을 가진 꽃. 무궁화를 일컬음.

<1984년, 분단시대>

쑥 국 새

빗속에서 쑥국새가 운다
한개의 별이 되어
창 밖을 서성이던
당신의 모습도
오늘은 보이지 않는다
이렇게 비가 내리는 밤이면
당신의 영혼은
또 어디서 비를 맞고 있는가.

<1986년, 시집 『접시꽃 당신』>

지금 비록 너희 곁을 떠나지만

나는 또 너희들 곁을 떠나는구나
기약할 수 없는 약속만을 남기고
강물이 가다가 만나고 헤어지는 산처럼
무더기 무더기 멈추어 선 너희들을 두고
나는 또 너희들 곁을 떠나는구나
비바람 속에서도 다시 피던 봉숭아잎이 안개비에 젖고

뒤뜰에 열지어 선 해바라기들도 모두 고개를 꺾었구나
세월의 한 굽이가 이렇게 파도칠 때마다
다 못 나눈 정만 흥건히 담아둔 채 어린 너희들의 가슴에 잔물
지는 아픔을 심는구나
나는 다만 너희들과 같은 아이들 곁으로
해야 할 또 다른 일을 찾아 떠나는 것이라고 달래도
마른 버짐이 핀 얼굴을 들지 못하고 어깨를 들먹이며
아직도 다하지 못한 나의 말을 자꾸 멈추게 하는구나
우리 꼭 다시 만나자
이 짧은 세상에 영원히 같이 사는 사람은 없지만
너희들이 자라고 내가 늙어서라도 고맙게 자란 너희들의 손을
기쁨으로 잡으며
이땅의 인간다운 삶을 위해 함께 일하는 사람으로
하나 되어 다시 만나자.

<1988년, 시집 『내가 사랑하는 당신은』>

백 무 산

노동의 밥

피가 도는 밥을 먹으리라
펄펄 살아 튀는 밥을 먹으리라
먹은 대로 깨끗이 목숨 위해 쓰이고
먹은 대로 깨끗이 힘이 되는 밥
쓰일 데로 쓰인 힘은 다시 밥이 되리라
살아있는 노동의 밥이

목숨보다 앞선 밥은 먹지 않으리
펄펄 살아오지 않는 밥도 먹지 않으리
생명이 없는 밥은 개나 주어라
밥을 분명히 보지 못하면
목숨도 분명히 보지 못한다

살아있는 밥을 먹으리라
목숨이 분명하면 밥도 분명하리라
밥이 분명하면 목숨도 분명하리라
피가 도는 밥을 먹으리라
살아있는 노동의 밥을

<1988년, 시집 『만국의 노동자여』>

에밀레 종소리

용광로에서 일을 하고부터
에밀레 종소리를 듣는다
쇳물을 마주하고 다리가 후들거리며
독가스에 폐가 폐품이 되면서
우리가 만든 쇠들이 실려가서
가는 곳마다 에밀레 종소리가 되어 돌아온다

쇠들은 실려가서
또 많은 벗들의 피를 묻힌다
벗들의 살을 자르고 어디론가 실려가서 우리를 속인다
윤전기가 되어 일당 4,000원을 비웃고
라디오가 되어 한 주에 80시간을 비웃고
TV가 되어 연중무휴를 비웃는다

근육을 태워 만든 쇠들은 또 실려가서
저들의 자가용이 되고 트로피가 되고
고층건물이 되고 비행기가 되고
총칼이 되어 우리 귓전에
에밀레 종소리가 되어 되돌아온다

공장문을 나서면서 만나는 모든 쇠붙이에서

우리의 가난과 살이 섞인 쇠붙이에서
에밀레 종소리가 난다
악쓰며 울부짖는 에밀레 종소리가 난다

<1988년, 시집『만국의 노동자여』>

경찰은 공장 앞에서 데모를 하였다

언제부터인가 우리의 노동은 인질로 잡혀갔다
납치범들은 총칼로 인질을 위협하며
흥정을 하는 데 써먹었다
그러다가 납치범들은 더 큰 마피아
소굴의 나라에 통째 납치되었다

그래서 우리는 항상
두번씩 빼앗겼다

노동법도 빼앗겼다
노동삼권도 빼앗겼다
깃발도 빼앗겼다
함성도 빼앗겼다
그래서 우리는 이미 종이 되었다
그래서 납치범들은 주인을 자처했다

거리마다 여전히 4월의 피는 흐르고

거리마다 여전히 5월의 흰 뼈들은 굴렀다
6월의 거리를 소나기로 퍼부으며
우리는 납치범들을 몰아내고자 했다
우리는 빼앗긴 것을 돌려받기 위해 싸웠다

경찰은 데모를 하였다
납치범들의 졸개인 경찰은 무장을 하고
주인 앞에 몰려와서 데모를 하였다
최루탄을 쏘고 군화발로 짓이기며
과격시위를 하였다
쇠몽둥이를 들고 곤봉을 휘두르며
극렬시위를 하였다
공장 앞에 몰려와
극렬하게 데모를 하였다

노동자들은 진압에 나섰다
저들의 살상 무기를 막자고
지게차가 나섰다 포클레인이 나섰다
깃발을 들고 함성으로 나섰다
주인인 노동자들은 피흘리며 진압에 나섰다

<1988년, 시집 『만국의 노동자여』>

이 은 봉

대전에 가면

들린다 덜컹대는 소리
삐걱대는 소리 멈췄다 떠나는 소리
자동차 바퀴소리 들린다
내 잔뼈를 키워준 대전에 가면
모이는 소리 흩어지는 소리
안 들린다 생쥐 이빨 가는 소리
능청떠는 소리 귀신 씨나락 까먹는 소리
들린다 급기야 들고일어서는 소리
한판 눌어붙는 소리 왕왕 들린다
광주에서 부산에서
순식간에 밀고 올라오는 소리
올라와 솟구치는 소리
서울에서 평택에서
내려오는 소리, 내려와 갈라지는 소리
갈라져 타오르는 소리 들린다
이윽고 용광로 끓어오르는 소리
헉헉 몸 달아오르는 소리
금강물 철렁이는 소리 들린다
짜증 부리는 소리 신경질 부리는 소리

내 친구들 잔주접 떠는 소리
안 들린다 오직 들린다
신새벽 계룡산 홰치는 소리 들린다
그 아줌마 애낳는 소리 크게 크게 들린다.

<1989년, 시집 『봄 여름 가을 겨울』>

장 정 일

햄버거에 대한 명상

가정요리서로 쓸 수 있게 만들어진 시

옛날에 나는 금이나 꿈에 대하여 명상했다
아주 단단하거나 투명한 무엇들에 대하여
그러나 나는 이제 물렁물렁한 것들에 대하여도 명상하련다

오늘 내가 해보일 명상은 햄버거를 만드는 일이다
아무나 손쉽게, 많은 재료를 들이지 않고 간단히 만들 수 있는
명상
그러면서도 맛이 좋고 영양이 듬뿍 든 명상
어쩌자고 우리가 '햄버거를 만들어 먹는 족속' 가운데서
빠질 수 있겠는가?
자, 나와 함께 햄버거에 대한 명상을 행하자
먼저 필요한 재료를 가르쳐주겠다. 준비물은

햄버거 빵 2

버터 $1\frac{1}{2}$ 큰술

쇠고기 150g

돼지고기 100g

양파 $1\frac{1}{2}$

달걀 2

빵가루 2컵

소금 2 작은술

후추가루 $\frac{1}{4}$ 작은술

상치 4잎

오이 1

마요네즈소스 약간

브라운소스 $\frac{1}{4}$ 컵

위의 재료들은 힘들이지 않고 당신이 살고 있는 동네의
믿을 만한 슈퍼에서 구입할 수 있을 것이다. ── 슈퍼에 가면
모든 것이 위생비닐 속에 안전히 담겨 있다. 슈퍼를 이용하
라──

먼저 쇠고기와 돼지고기는 곱게 다진다.
이때 잡념을 떨쳐라, 우리가 하고자 하는 이 명상의 첫단계는
이 명상을 행하는 이로 하여금 좀더 훌륭한 명상이 되도록
매우 주의깊게 순서가 만들어졌는데
이 첫단계에서 잡념을 떨치지 못하면 손가락이 날카로운 칼에
잘려, 명상을 포기하지 않으면 안되도록 장치되어 있다

쇠고기와 돼지고기를 곱게 다졌으면,
이번에는 양파 1개를 곱게 다져 기름 두른 프라이팬에 넣고
노릇노릇할 때까지 볶아 식혀 놓는다.

소리내며 튀는 기름과 기분 좋은 양파 향기는
가벼운 흥분으로 당신의 맥박을 빠르게 할 것이다
그것은 당신이 이 명상에 흥미를 느낀다는 뜻이기도 한데
흥미가 없으면 명상이 행해질 리 만무하고
흥미가 없으면 세계도 없을 것이다.

이것이 끝난 다음,
다진 쇠고기와 돼지고기, 빵가루, 달걀, 볶은양파,
소금, 후추가루를 넣어 골고루 반죽이 되도록 손으로 치댄다.
얼마나 신나는 명상인가. 잠자리에서 상대방의 그곳을 만지는
일만큼
우리의 촉각을 행복하게 사용할 수 있는 순간은,
곧 이 순간,
음식물을 손가락으로 버무리는 때가 아니던가

반죽이, 충분히 끈기가 날 정도로 되면
4개로 나누어 둥글납작하게 빚어 속까지 익힌다.
이때 명상도 따라 익는데, 뜨겁게 달구어진 프라이팬에
반죽된 고기를 올려놓고 1분이 지나면 뒤집어서 다시 1분간을
지져
겉면만 살짝 익힌 다음 불을 약하게 하여 —— 이렇게 하기 위
해서는
절대 가스렌지가 필요하다 —— 뚜껑을 덮고 은근한 불에서
중심에까지 완전히 익힌다. 이때
당신 머리속에는 햄버거를 만들기 위한 명상이 가득 차 있어야
한다.
머리의 외피가 아니라 머리 중심에, 가득히 !

그런 다음,
반쪽 남은 양파는 고리 모양으로
오이는 엇비슷하게 썰고
상추는 깨끗이 씻어 놓는데
이런 잔손질마저도
이 명상이 머리속에서만 이루고 마는 것이 아니라
명상도 하나의 훌륭한 노동임을 보여준다.

그 일이 잘 끝나면,
빵을 반으로 칼집을 넣어 벌려 버터를 바르고
상추를 깔아 마요네즈 소스를 바른다. 이때 이 바른다는 행위는
혹시라도 다시 생길지 모르는 잡념이 내부로 틈입하는 것을 막
아준다.
그러므로 버터와 마요네즈를 한꺼번에 처바르는 것이 아니라
약간씩, 스며들도록 바른다.

그것이 끝나면,
고기를 넣고 브라운 소스를 알맞게 끼얹어 양파, 오이를 끼운다.
이렇게 해서 명상이 끝난다.

이 얼마나 유익한 명상인가?
까다롭고 주의사항이 많은 명상 끝에
맛이 좋고 영양 많은 미국식 간식이 만들어졌다.

<1987년, 세계의 문학>

강 형 철

아메리카 타운 7

땅뺏기와 깡통차기

가마니에 담긴 고구마를 꺼내
북북 문질러 씹어먹어도
하얀 눈은 소복이 쌓여
한겨울 밤은 아름다웠다
사는 것이 어수선할수록
사람들은 건강한 욕을 주고 받으며
밤새 동치미국을 들이마셨다

밤이 지나면서
놈들이 왔다
넝쿨을 잡아댕기면 선홍색 고구마가 솟아나오던 흙고랑도
일부러 넘어지며 쓰러져 훔쳐먹던 오이밭도
한꺼번에 불도자로
밀어버렸다
몇몇의 이웃은 비행장의 개보초를 서러 가고
맥주깡통과 콜라깡통이 흔해지고 있었다
때깔 곱던 이웃집 누이가 화장을 시작하고
양공주란 말이 동네 어귀를 배회하고 있었다

우리는 깡통 속에 돌멩이를 넣어
깡통차기나 했고
이따금 양놈집에 돌멩이를 던져
유리창이나 몇 장 깨고 도망쳤지만
아직 우리는 몰랐다
땅뺏기 놀이의 한뼘 안에 우리 모두가 갇혀 있다는 것을
깡통만 차고 있다는 것을

<1989년, 시집 『해망동 일기』>

기 형 도

안 개

1

아침저녁으로 샛강에 자욱이 안개가 낀다.

2

이 읍에 처음 와본 사람은 누구나
거대한 안개의 강을 거쳐야 한다.
앞서간 일행들이 천천히 지워질 때까지
쓸쓸한 가축들처럼 그들은
그 긴 방죽 위에 서 있어야 한다.
문득 저 홀로 안개의 빈 구멍 속에
갇혀 있음을 느끼고 경악할 때까지.

어떤 날은 두꺼운 공중의 종잇장 위에
노랗고 딱딱한 태양이 걸릴 때까지
안개의 軍團은 샛강에서 한 발자국도 이동하지 않는다.
출근길에 늦은 여공들은 깔깔거리며 지나가고
긴 어둠에서 풀려나는 검고 무뚝뚝한 나무들 사이로

아이들은 느릿느릿 새어나오는 것이다.
안개에 익숙하지 않은 사람들은 처음 얼마 동안
보행의 경계심을 늦추는 법이 없지만, 곧 남들처럼
안개 속을 이리저리 뚫고 다닌다. 습관이란
참으로 편리한 것이다. 쉽게 안개와 식구가 되고
멀리 송전탑이 희미한 동체를 드러낼 때까지
그들은 미친 듯이 흘러다닌다.

가끔씩 안개가 끼지 않는 날이면
방죽 위로 걸어가는 얼굴들은 모두 낯설다. 서로를 경계하며
바쁘게 지나가고, 맑고 쓸쓸한 아침들은 그러나
아주 드물다. 이곳은 안개의 聖域이기 때문이다.

날이 어두워지면 안개는 샛강 위에
한 겹씩 그의 빠른 옷을 벗어놓는다. 순식간에 공기는
희고 딱딱한 액체로 가득 찬다. 그 속으로
식물들, 공장들이 빨려 들어가고
서너 걸음 앞선 한 사내의 반쪽이 안개에 잘린다.

몇가지 사소한 사건도 있었다.
한밤중에 여직공 하나가 겁탈당했다.
기숙사와 가까운 곳이었으나 그녀의 입이 막히자
그것으로 끝이었다. 지난 겨울엔
방죽 위에서 醉客 하나가 얼어 죽었다.
바로 곁을 지난 삼륜차는 그것이
쓰레기더미인 줄 알았다고 했다. 그러나 그것은
개인적인 불행일 뿐, 안개의 탓은 아니다.

안개가 걷히고 정오 가까이
공장의 검은 굴뚝들은 일제히 하늘을 향해
젖은 銃身을 겨눈다. 상처입은 몇몇 사내들은
험악한 욕설을 해대며 이 폐수의 고장을 떠나갔지만
재빨리 사람들의 기억에서 밀려났다. 그 누구도
다시 읍으로 돌아온 사람은 없었기 때문이다.

3

아침저녁으로 샛강에 자욱이 안개가 낀다.
안개는 그 읍의 명물이다.
누구나 조금씩은 안개의 주식을 갖고 있다.
여공들의 얼굴은 희고 아름다우며
아이들은 무럭무럭 자라 모두들 공장으로 간다.

<1985년, 동아일보>

鳥 致 院

사내가 달걀을 하나 건넨다.
일기예보에 의하면 1시쯤에
열차는 대전에서 진눈깨비를 만날 것이다.
스팀 장치가 엉망인 까닭에
마스크를 낀 승객 몇몇이 젖은 담배 필터 같은

기침 몇 개를 뱉아내고
쉽게 잠이 오지 않는 축축한 의식 속으로
실내등의 어두운 불빛들은 잠깐씩 꺼지곤 하였다.

서울에서 아주 떠나는 기분 이해합니까?
고향으로 가시는 길인가보죠.
이번엔, 진짜, 낙향입니다.
달걀 껍질을 벗기다가 손끝을 다친 듯
사내는 잠시 말이 없다.
조치원에서 고등학교까지 마쳤죠. 서울 생활이란
내 삶에 있어서 하찮은 문장 위에 찍힌
방점과도 같은 것이었어요.
조치원도 꽤 큰 도회지 아닙니까?
서울은 내 둥우리가 아니었습니다. 그곳에서
지방 사람들이 더욱 난폭한 것은 당연하죠.

<1986년, 시운동>

시인 약력

강은교(姜恩喬): 1945~. 함남 홍원 출생. 연세대 영문과 졸업. 1968년 『사상계』 신인문학상에 「순례자의 잠」이 당선되어 등단함. 윤상규·임정남·정희성·김형영 등과 '70년대' 동인으로 활동함. 시집으로는 『허무집』(1971), 『풀잎』(1974), 『빈자 일기』(1977), 『소리집』(1982), 『붉은 강』(1984), 『우리가 물이 되어』(1986), 『바람노래』(1987), 『오늘도 너를 기다린다』(1991), 『벽 속의 편지』(1992) 등이 있음.

강형철(姜亨喆): 1955~. 전북 옥구 출생. 숭전대 철학과 졸업. 1985년 『민중시』 제2집에 「아메리카 타운 1」 등을 발표하면서 작품활동 시작함. '오월시' 동인. 시집으로 『해망동 일기』(1989)가 있음.

고광헌(高光憲): 1955~. 전북 정읍 출생. 경희대 체육학과 졸업. 1984년 『시인』 제2집에 「신중산층 교실에서」 등을 발표하면서 작품활동 시작함. '오월시' 동인으로 활동함. 시집으로는 『신중산층 교실』(1985)이 있음.

고재종(高在鍾): 1957~. 전남 담양 출생. 1984년 실천문학사의 14인 신인작품집 『시여 무기여』에 「동구밖 집 열두 식구」 등을 발표하며 작품활동 시작함. 시집으로는 『바람 부는 솔숲에 사랑은 머물고』(1987), 『새벽 들』(1989), 『사람의 등불』(1992)이 있음.

고정희(高靜熙): 1948~1991. 전남 해남 출생. 한국신학대학 졸업. 1975년 『현대시학』을 통해 문단에 나옴. 허형만·김준태·장효문·송수권·국효문 등과 '목요시' 동인으로 활동함. '또 하나의 문화' 창간 동인. 시집으로는 『누가 홀로 술틀을 밟고 있는가』(1979), 『실락원 기행』(1981), 『초혼제』(1983), 『이 시대의 아벨』(1983), 『눈물꽃』(1986), 『지리산의 봄』(1987), 『저 무덤 위에 푸른 잔디』(1989), 『광주의 눈물비』(1990), 『여성해방 출사표』(1990), 『아름다운 사람 하나』(1991) 등과 유고시집 『모든 사라지는 것들은 뒤에 여백을 남긴다』(1992)가 있음.

고형렬(高炯烈): 1954~. 전남 해남 출생. 1974년 분단면인 고성군 현내면에

근무하면서 설악문우회 '갈뫼' 참여. 1979년 『현대문학』에 「장자」가 추천
되어 문단에 나옴. 시집으로는 『대청봉 수박밭』(1985), 『해청』(1987),
『해가 떠올라 풀이슬을 두드리고』(1988), 『서울은 안녕한가』(1991)와 장
시 「리틀보이」(1990)가 있으며, 하종오·김정환과 3인시집 『포옹』(1993)
을 간행했음.

곽재구(郭在九): 1954~. 광주 출생. 전남대 국문과 졸업. 1981년 중앙일보 신
춘문예에 「사평역에서」가 당선되어 등단함. '오월시' 동인으로 활동함.
시집으로는 『사평역에서』(1983), 『전장포 아리랑』(1985), 『한국의 연인
들』(1986), 『서울 세노야』(1990) 등이 있음.

기형도(奇亨度): 1960~1989. 경기도 연평 출생. 연세대 정치외교학과 졸업.
중앙일보 기자 역임. 1985년 동아일보 신춘문예에 「안개」가 당선되어 문
단에 나옴. 유고시집 『입 속의 검은 잎』(1989)이 있음.

김광규(金光圭): 1941~. 서울 출생. 서울대 독문과 졸업. 1975년 『문학과지
성』에 「유무(有無)」 등을 발표하면서 작품활동 시작. 시집으로는 『우리
를 적시는 마지막 꿈』(1979), 『아니다 그렇지 않다』(1983), 『크낙산의
마음』(1986), 『좀팽이처럼』(1988), 『아니리』(1990) 등이 있음.

김남주(金南柱): 1946~. 전남 해남 출생. 전남대 영문과 수학. 1974년 『창작
과비평』에 「잿더미」 등을 발표하면서 문단에 나옴. 1979~88년 남민전
사건으로 복역함. 시집으로 『진혼가』(1984), 『나의 칼 나의 피』(1987),
『조국은 하나다』(1988), 『솔직히 말하자』(1989), 『사상의 거처』(1991),
『이 좋은 세상에』(1992) 등과 옥중시전집 『저 창살에 햇살이』 1, 2(1992)
가 있음.

김명수(金明秀): 1945~. 경북 안동 출생. 1977년 서울신문 신춘문예에 「월식
(月蝕)」 「세우(細雨)」 「무지개」가 당선되어 등단함. '반시(反詩)' 동인으
로 활동했으며, 시집으로 『월식』(1980), 『하급반 교과서』(1983), 『피뢰
침과 심장』(1986), 『침엽수 지대』(1991) 등이 있음.

김명인(金明仁): 1946~. 경북 울진 출생. 고려대 국문과 졸업. 1973년 중앙일
보 신춘문예에 「출항제(出港祭)」가 당선되어 등단함. '반시' 동인으로 활
동했으며, 시집으로는 『동두천』(1979), 『머나먼 곳 스와니』(1988), 『물
건너는 사람』(1992) 등이 있음.

김사인(金思寅): 1955~. 충북 보은 출생. 서울대 국문과 졸업. 1981년 동인지 『시와 경제』 제1집에 「예언서」 등을 발표하면서 작품활동 시작함. 시집 으로 『밤에 쓰는 편지』(1987)가 있음.

김승희(金勝熙): 1952~. 전남 광주 출생. 서강대 영문과 졸업. 1973년 경향신 문 신춘문예에 「그림 속의 물」이 당선되어 등단함. 시집으로 『태양미사』 (1979), 『왼손을 위한 협주곡』(1983), 『미완성을 위한 연가』(1987), 『달 걀 속의 생』(1989) 등이 있음.

김용택(金龍澤): 1948~. 전북 임실 출생. 순창농림고 졸업. 1982년 창작과 비 평사의 21인 신작시집 『꺼지지 않는 횃불로』에 「섬진강 1」 등을 발표하 면서 작품활동 시작함. 시집으로 『섬진강』(1985), 『맑은 날』(1986), 『누 이야 날이 저문다』(1988), 『꽃산 가는 길』(1988), 『그리운 꽃편지』 (1989) 등이 있음.

김정환(金正煥): 1954~. 서울 출생. 서울대 영문과 졸업. 1980년 『창작과비 평』에 「마포, 강변동네에서」 등을 발표하면서 작품활동 시작함. 시집으 로 『지울 수 없는 노래』(1982), 『황색예수전』 1·2·3(1983~86), 『회복 기』(1985), 『좋은 꽃』(1985), 『해방서시』(1985), 『우리, 노동자』(1989), 『기차에 대하여』(1990), 『희망의 나이』(1992) 등이 있음.

김준태(金準泰): 1948~. 전남 해남 출생. 조선대 독어과 졸업. 1969년 『시인』 지에 「머슴」 등을 발표하면서 문단에 나옴. 1980년 5월 광주민중항쟁 당 시 「아아 광주여! 우리나라의 십자가여!」를 발표한 이유로 고등학교에 서 해직됨. 시집으로 『참깨를 털면서』(1977), 『나는 하느님을 보았다』 (1981), 『국밥과 희망』(1984), 『불이냐, 꽃이냐』(1986), 『넋 통일』 (1986), 『아아 광주여, 영원한 청춘의 도시여』(1988), 『칼과 흙』(1989) 등이 있음.

김지하(金芝河): 1941~. 전남 목포 출생. 서울대 미학과 졸업. 1969년 『시인』 지에 「황톳길」 등을 발표하면서 문단에 나옴. 담시 「오적(五賊)」(1970), 「앵적가(櫻賊歌)」(1971), 「비어(蜚語)」(1972) 등을 발표함. 「오적」 사건 과 민청학련 사건 등으로 여러 차례 투옥됨. 시집으로 『황토』(1970), 『타는 목마름으로』(1982), 『애린』(1986), 『이 가문날의 비구름』(1988), 『별밭을 우러르며』(1989) 등과 대설(大說) 『남(南)』 1·2·3(1982~

85), 담시 모음집 『오적』(1985)이 있음.

김진경(金津經): 1953~. 충남 당진 출생. 서울대 국어교육과 졸업. 1974년 『한국문학』 신인문학상으로 등단함. 1985년 『민중교육』지 사건으로 투옥, 양정고에서 해직됨. 시집으로 『갈문리의 아이들』(1985), 『광화문을 지나며』(1986), 『우리시대의 예수』(1987), 『닭벼슬이 소똥구녕에게』(1991) 등이 있음.

김창완(金昌完): 1942~. 전남 목포 출생. 1973년 서울신문 신춘문예에 「개화」가 당선되어 등단함. '반시' 동인으로 활동함. 시집으로 『인동일기』(1978), 『우리 오늘 살았다 말하자』(1983)가 있음.

김해화(金海花): 1957~. 전남 승주 출생. 1984년 실천문학사의 14인 신인작품집 『시여 무기여』에 「비닐을 걷어내며」 등을 발표하면서 작품활동 시작함. 주로 아파트 건설현장에서 철근공으로 일하면서 작품을 쓰고 있으며, 시집으로 『인부수첩』(1986), 『우리들의 사랑가』(1991)가 있음.

김형영(金炯榮): 1945~. 전북 부안 출생. 서라벌예대 문예창작과 졸업. 1966년 『문학춘추』 신인작품 모집, 1967년 '문공부 신인예술상'에 당선되어 등단함. 강은교·박건한·석지현·윤상규(후명)·임정남·정희성 등과 '70년대' 동인으로 활동함. 시집으로 『침묵의 무늬』(1973), 『모기들은 혼자서도 소리를 친다』(1979), 『다른 하늘이 열릴 때』(1987), 『기다림이 끝나는 날에도』(1992) 등이 있음.

김혜순(金惠順): 1955~. 경북 울진 출생. 건국대 국문과 졸업. 1979년 『문학과지성』에 「담배를 피우는 시체」 등을 발표하면서 등단함. 시집으로 『또 다른 별에서』(1981), 『아버지가 세운 허수아비』(1985), 『어느 별의 지옥』(1988), 『우리들의 음화(陰畫)』(1990) 등이 있음.

나종영(羅鍾榮): 1954~. 광주 출생. 전남대 경제학과 졸업. 1981년 창작과비평사의 13인 신작시집 『우리들의 그리움은』에 「광탄 가는 길에」 등을 발표하면서 작품활동 시작함. '오월시' 동인으로 활동함. 시집으로 『끝끝내 너는』(1985)이 있음.

나태주(羅泰柱): 1945~. 충남 서천 출생. 공주사범학교 졸업. 1971년 서울신문 신춘문예에 「대숲 아래서」가 당선되어 등단함. 시집으로 『대숲 아래서』(1973), 『누님의 가을』(1977), 『막동리 소묘』(1980), 『변방』(1983),

『굴뚝각시』(1985), 『목숨의 비늘 하나』(1986) 등이 있음.

나해철(羅海哲): 1956~. 전남 나주 출생. 전남대 의대 의학과 졸업. 1982년 동아일보 신춘문예에 「영산포」가 당선되어 등단함. '오월시' 동인으로 활동함. 시집으로 『무등에 올라』(1984), 『동해일기』(1986), 『그대를 부르는 순간만 꽃이 되는』(1988) 등이 있음.

도종환(都鍾煥): 1954~. 충북 청주 출생. 충북대 국어교육과 졸업. 1984년 동인지 『분단시대』 제1집에 「고두미 마을에서」 등을 발표하면서 문단에 나옴. 1989년 전교조 결성 관련으로 해직, 투옥됨. 시집으로 『고두미 마을에서』(1985), 『접시꽃 당신』(1986), 『내가 사랑하는 당신은』(1988), 『지금 비록 너희 곁을 떠나지만』(1989) 등이 있음.

문익환(文益煥): 1918~. 북간도 용정 출생. 한국신학대학 졸업. 한국신학대학 교수 및 한빛교회 목사 봉직. 1976년 '3·1민주구국선언'을 시작으로 지금까지 민주화운동, 통일운동에 헌신해오다 수차례 걸쳐 투옥됨. 시집으로 『새삼스런 하루』(1973), 『꿈을 비는 마음』(1978), 『난 뒤로 물러설 자리가 없어요』(1984), 『두 하늘 한 하늘』(1989) 등이 있음.

박남철(朴南喆): 1953~. 경북 영일 출생. 경희대 국문과 졸업. 1979년 『문학과지성』에 「연날리기」 등을 발표하면서 문단에 나옴. 시집으로 『지상의 인간』(1984), 『반시대적 고찰』(1988), 『러시아 집 패설』(1991) 등이 있음.

박노해: 1957~. 전남 함평 출생. 선린상고 졸업. 1983년 『시와 경제』 제2집에 「시다의 꿈」 등을 발표하면서 작품활동 시작함. 남한사회주의노동자동맹 사건으로 복역. 시집으로 『노동의 새벽』(1984)과 시선집 『머리띠를 묶으며』(1991)가 있음.

박몽구(朴朦救): 1956~. 광주 출생. 전남대 영문과 졸업. 1977년 월간 『대화』지에 「뿌리 내리기」 등을 발표하면서 작품활동 시작함. '오월시' 동인으로 활동함. 시집으로 『우리가 우리에게 묻는다』(1982), 『거기 너 있었는가』(1984), 『십자가의 꿈』(1986), 『끝내 물러서지 않고』(1988), 『철쭉꽃 연붉은 사랑』(1990), 『어느날 극장을 나오며』(1992) 등이 있음.

박영근(朴永根): 1958~. 전북 부안 출생. 전주고 수학. 1981년 『반시』 6집에 「수유리에서」 등을 발표하면서 작품활동 시작함. 시집으로 『취업공고판 앞에서』(1984), 『대열』(1987)이 있음.

박운식(朴雲植): 1946~. 충북 영동 출생. 영동농고 졸업. 시집으로 『연가』(1981), 『모두모두 즐거워서 술도 먹고 떡도 먹고』(1989) 등이 있음.

박정만(朴正萬): 1946~1988. 전북 정읍 출생. 경희대 국문과 졸업. 1968년 서울신문 신춘문예에 「겨울 속의 봄 이야기」가 당선되어 등단함. 시집으로 『잠자는 돌』(1979), 『맹꽁이는 언제 우는가』(1986), 『서러운 땅』(1987), 『저 쓰라린 세월』(1987), 『혼자 있는 봄날』(1988), 『어느덧 서쪽』(1988), 『슬픈일만 나에게』(1988) 등과 유고시집 『그대에게 가는 길』(1988)이 있으며, 1990년 『박정만 시전집』이 간행됨.

박태일(朴泰一): 1954~. 경남 합천 출생. 부산대 국문과 졸업. 1980년 중앙일보 신춘문예에 「미성년의 강」이 당선되어 등단함. '열린시' 동인으로 활동하고 있으며, 시집으로 『그리운 주막』(1984), 『가을 악견산』(1989) 이 있음.

백무산: 1955~. 경북 영천 출생. 1984년 백봉석이라는 이름으로 『민중시』 제1집에 연작시 「지옥선」을 발표하면서 작품활동 시작함. 시집으로 『만국의 노동자여』(1988), 『동트는 미포만의 새벽을 딛고』(1990)가 있음.

송기원(宋基元): 1947~. 전남 보성 출생. 중앙대 예술대 문예창작과 졸업. 1974년 동아일보 신춘문예에 시 「회복기의 노래」, 중앙일보 신춘문예에 소설 「경외성서(經外聖書)」가 각각 당선되어 등단함. 시집으로 『그대 언 살이 터져 시가 빛날 때』(1983), 『마음속 붉은 꽃잎』(1990)이 있음.

송수권(宋秀權): 1940~. 전남 고흥 출생. 서라벌예대 문예창작과 졸업. 1975년 『문학사상』 신인상에 「산문(山門)에 기대어」 등 5편이 당선되어 작품활동 시작. 시집으로 『산문에 기대어』(1980), 『꿈꾸는 섬』(1983), 『아도』(1985) 등이 있음.

안도현(安度眩): 1961~. 경북 예천 출생. 원광대 국문과 졸업. 1984년 동아일보 신춘문예에 「서울로 가는 전봉준」이 당선되어 문단에 나옴. '시힘' 동인. 1989년 전교조 활동을 이유로 이리중학교에서 해직됨. 시집으로 『서울로 가는 전봉준』(1985), 『모닥불』(1989), 『그대에게 가고 싶다』(1991) 등이 있음.

양성우(梁性佑): 1943~. 전남 함평 출생. 전남대 국문과 졸업. 1970년 『시인』

지에 「발상법」 등을 발표하면서 문단에 나옴. 1975년 시 「겨울 공화국」을 발표하여 교사직을 박탈당함. 시집으로 『발상법』(1972), 『신하여 신하여』(1974), 『겨울 공화국』(1977), 『북치는 앉은뱅이』(1980), 『청산이 소리쳐 부르거든』(1981), 『넋이라도 있고 없고』(1983), 『낙화』(1984), 『노예수첩』(1985), 『그대의 하늘길』(1987) 등이 있음.

윤재철(尹載喆): 1953~. 충남 논산 출생. 서울대 국어교육과 졸업. 1982년 '오월시' 동인으로 작품활동을 시작함. 1985년 성동고 재직시절 『민중교육』지 사건으로 투옥, 해직됨. 시집으로 『아메리카 들소』(1987), 『그래 우리가 만난다면』(1992)이 있음.

이광웅(李光雄): 1940~1992. 전북 이리 출생. 원광대 국문과 졸업. 1974년 『현대문학』 추천을 받아 문단에 나옴. 1982~87년 오송회(五松會) 사건으로 복역함. 시집으로 『대밭』(1985), 『목숨을 걸고』(1989), 『수선화』(1992)가 있음.

이기철(李起哲): 1941~. 경남 거창 출생. 영남대 국문과 졸업. 1972년 『현대문학』에 「오월에 들른 고향」 「너와 함께」 등이 추천완료되어 등단함. '자유시' 동인. 시집으로 『낱말추적』(1974), 『청산행』(1982), 『전쟁과 평화』(1985), 『우수의 이불을 덮고』(1988), 『내 사랑은 해지는 영토에』(1989) 등이 있음.

이동순(李東洵): 1950~. 경북 상좌원 출생. 경북대 국문과 졸업. 1973년 동아일보 신춘문예에 「마왕(魔王)의 잠」이 당선되어 문단에 나옴. 시집으로 『개밥풀』(1980), 『물의 노래』(1983), 『지금 그리운 사람은』(1986), 『철조망 조국』(1991), 『그 바보들은 더욱 바보가 되어간다』(1992) 등이 있음.

이상국(李相國): 1946~. 강원도 양양 출생. 1976년 『심상』 신인상에 「겨울 추상화」가 당선되어 문단에 나옴. 시집으로 『동해별곡』(1985), 『내일로 가는 소』(1989), 『우리는 읍으로 간다』(1992) 등이 있음.

이성복(李晟馥): 1952~. 경북 상주 출생. 서울대 불문과 졸업. 1977년 『문학과지성』에 「정든 유곽에서」 등을 발표하면서 문단에 나옴. 『뒹구는 돌은 언제 잠깨는가』(1980), 『남해 금산』(1986), 『그 여름의 끝』(1990) 등이 있음.

이성선(李聖善): 1941~. 강원도 고성 출생. 고려대 농학과 졸업. 1970년 『문화비평』에 「시인의 병풍」 등을 발표하면서 문단에 나옴. 시집으로 『시인의 병풍』(1974), 『하늘문을 두드리며』(1977), 『몸은 지상에 묶여도』(1979), 『나의 나무가 너의 나무에게』(1985), 『새벽꽃 향기』(1989), 『절정의 노래』(1991) 등과 장시집 『밧줄』이 있음.

이시영(李時英): 1949~. 전남 구례 출생. 서라벌예대 문예창작과 졸업. 1969년 중앙일보 신춘문예에 시조가, 『월간문학』 제3회 신인상에 시가 각각 당선되어 문단에 나옴. 시집으로 『만월』(1976), 『바람 속으로』(1986), 『길은 멀다 친구여』(1988), 『이슬 맺힌 노래』(1991) 등이 있음.

이영진(李榮鎭): 1956~. 전남 장성 출생. 전주우석대학 국문과 졸업. 1976년 『한국문학』 신인상에 「법성포」가 당선되어 등단함. 80년 광주항쟁 직후 김진경·박몽구 등과 함께 '5월시' 동인을 결성함. 시집으로 『6·25와 참외씨』(1986)가 있음.

이윤택(李潤澤): 1952~. 부산 출생. 1979년 『현대시학』으로 문단에 나옴. '열린시' 동인. 시집으로 『시민』(1983), 『춤꾼 이야기』(1986), 『막연한 기대와 몽상에 대한 반역』(1989) 등이 있음.

이은봉(李殷鳳): 1954~. 충남 공주 출생. 숭전대 국문과 졸업. 1984년 창작과비평사의 17인 신작시집 『마침내 시인이여』에 「좋은 세상」 등을 발표하면서 작품활동 시작함. 이은식·김영호·전인순·윤중호·이재무 등과 무크지 『삶의 문학』을 발간함. '시와 인간' 동인. 시집으로 『좋은 세상』(1986), 『봄 여름 가을 겨울』(1989)이 있음.

이하석(李河石): 1948~. 경북 고령 출생. 경북대 사회학과 수학. 1971년 『현대시학』에 「관계」 등으로 추천완료되어 등단함. '자유시' 동인. 시집으로 『투명한 속』(1980), 『김씨의 옆얼굴』(1984), 『우리 낯선 사람들』(1989) 등이 있음.

임홍재(任洪宰): 1942~1979. 경기도 안성 출생. 서라벌예대 문예창작과 졸업. 1975년 서울신문 신춘문예에 시 「바느질」이, 동아일보 신춘문예에 시조 「염전에서」가 각각 당선되어 문단에 나옴. 첫시집이자 사전집인 『청보리의 노래』(1980)가 있음.

장영수(張英洙): 1947~. 강원도 원주 출생. 서울대 불어과 졸업. 1973년 『문학과지성』에 「동해」 등을 발표하면서 문단에 나옴. 시집으로 『메이비』
(1977), 『시간은 이미 더 높은 곳에서』(1983), 『나비 같은, 아니아니,
빛 같은』(1987) 등이 있음.

장정일(蔣正一): 1962~. 경북 달성 출생. 1984년 『언어의 세계』에 「강정 간
다」 등을 발표하면서 문단에 나옴. 시집으로 『햄버거에 대한 명상』
(1987), 『길안에서의 택시잡기』(1988) 등이 있음.

정 양(鄭洋): 1942~. 전북 김제 출생. 동국대 국문과 졸업. 1968년 대한일보
신춘문예로 문단에 나옴. 시집으로는 『까마귀떼』(1980), 『수수깡을 씹으
며』(1984) 등이 있음.

정호승(鄭浩承): 1950~. 경남 하동 출생. 경희대 국문과 졸업. 1973년 대한일
보 신춘문예에 「첨성대」가 당선되어 문단에 나옴. '반시' 동인으로 활동
했으며, 시집으로 『슬픔이 기쁨에게』(1979), 『서울의 예수』(1982), 『새
벽편지』(1987), 『별들은 따뜻하다』(1990) 등이 있음.

정희성(鄭喜成): 1945~. 경남 창원 출생. 서울대 국문과 졸업. 1970년 동아일
보 신춘문예에 「변신(變身)」이 당선되어 등단함. 강은교·김형영 등과
'70년대' 동인 활동. 시집으로 『답청(踏青)』(1974), 『저문 강에 삽을 씻
고』(1978), 『한 그리움이 다른 그리움에게』(1991) 등이 있음.

조재훈(趙載勳): 1937~. 충남 서산 출생. 공주사대 국어교육과 졸업. 1974년
『한국문학』 제2회 신인상에 「햇살」 등이 당선되어 문단에 나옴. 시집으
로 『겨울의 꿈』(1984), 『저문날 빈들의 노래』(1987), 『물로 또는 불로』
(1991) 등이 있음.

조정권(趙鼎權): 1949~. 서울 출생. 중앙대 영어교육과 수학. 1970년 『현대시
학』 추천으로 등단함. 시집으로 『비를 바라보는 일곱 가지 마음의 형태』
(1977), 『시편(詩篇)』(1982), 『허심송(虛心頌)』(1985), 『하늘 이불』
(1987), 『산정묘지』(1991) 등이 있음.

최두석(崔斗錫): 1955~. 전남 담양 출생. 서울대 국어교육과 졸업. 1980년
『심상』으로 등단함. '오월시' 동인. 시집으로 『대꽃』(1984), 『성에꽃』
(1990) 등과 장시집 『임진강』(1986)이 있음.

최승자(崔承子): 1952~. 충남 연기 출생. 고려대 독문과 수학. 1979년 『문학
과지성』에 「이 시대의 사랑」 등을 발표하면서 문단에 나옴. 시집으로

『이 시대의 사랑』(1981), 『즐거운 일기』(1984), 『기억의 집』(1989) 등이
있음.

최승호(崔勝鎬): 1954~. 강원 춘천 출생. 1977년 『현대시학』에 「비발디」 등으
로 추천완료되어 등단함. 시집으로 『대설주의보』(1983), 『고슴도치의 마
을』(1985), 『진흙소를 타고』(1987), 『세속도시의 즐거움』(1990) 등이 있
음.

하종오(河鍾五): 1954~. 경북 의성 출생. 1975년 『현대문학』에 「허수아비의
꿈」 「사미인곡」 등으로 추천완료되어 등단함. '반시' 동인 활동. 시집으
로는 『벼는 벼끼리 피는 피끼리』(1981), 『사월에서 오월로』(1984), 『분
단동이 아비들하고 통일동이 아들들하고』(1986), 『꽃들은 우리를 봐서
핀다』(1988) 등과 굿시집 『넋이야 넋이로다』(1986)가 있음.

황지우(黃芝雨): 1952~. 전남 해남 출생. 서울대 미학과 졸업. 1980년 중앙일
보 신춘문예에 「연혁(沿革)」이 입선. 같은 해 『문학과지성』에 「대답없는
날들을 위하여」 등을 발표하면서 문단에 나옴. '시와 경제' 동인. 시집으
로 『새들도 세상을 뜨는구나』(1983), 『겨울―나무로부터 봄―나무에
로』(1985), 『나는 너다』(1987), 『게눈 속의 연꽃』(1990) 등이 있음.

민족문학선집 3

한국현대대표시선 3

초판 1쇄 발행/1993년 3월 5일
초판 11쇄 발행/2013년 3월 28일

엮은이/민영·최원식·이동순·최두석
펴낸이/강일우
펴낸곳/(주)창비
등록/1986년 8월 5일 제85호
주소/413-120 경기도 파주시 회동길 184
전화/031-955-3333
팩시밀리/영업 031-955-3399·편집 031-955-3400
홈페이지/www.changbi.com
전자우편/lit@changbi.com

ISBN 978-89-364-6103-4 03810
ISBN 978-89-364-6199-7 (전3권)